오늘은 내 인생의 가장 젊은 날입니다

오늘은 내 인생의
가장 젊은 날입니다

1판 1쇄 발행 2014년 12월 30일
1판 11쇄 발행 2022년 10월 24일

지은이 이근후
펴낸이 김성구

콘텐츠본부 고혁 조은아 김초록 이은주 김지용
디자인 이영민
마케팅부 송영우 어찬 김하은
관 리 박현주

펴낸곳 (주)샘터사
등 록 2001년 10월 15일 제1-2923호
주 소 서울시 종로구 창경궁로35길 26 2층 (03076)
전 화 02-763-8965(콘텐츠본부) 02-763-8966(마케팅부)
팩 스 02-3672-1873 **이메일** book@isamtoh.com **홈페이지** www.isamtoh.com

ISBN 978-89-464-1889-9 03810

값은 뒤표지에 있습니다.
잘못 만들어진 책은 구입처에서 교환해 드립니다.

인생의 사계절을 보내는
이들에게 띄우는 편지

오늘은 내 인생의 가장 젊은 날 입니다

이근후 지음

샘터

일러두기

이 책은 우리 인생을 사계절로 나누어 모두 4부로 엮었습니다.
세대마다 선호하는 글자 크기를 고려해 각 부마다 글자 크기를 달리하였습니다.

인생의 사계절을 보내는
이들에게 띄우는 편지

네팔은 나에게 제2의 고향과 같은 곳입니다. 1982년 부터 매해 한 번씩 다녀오고 있으니 벌써 30년이 넘었습니다.

대부분 의료봉사 때문이며 갈 때마다 히말라야 근처에서 이런저런 일들을 하며 그곳 사람들과 재미있게 보내고 있습니다. 그러면서 거기 사람들이 살아가는 모습과 생각, 삶의 방식들을 하나씩 알게 되었죠.

힌두교의 영향을 받아 네팔 사람들은 인생을 네 단계로 나누더군요. 마치 인생의 사계절 같았습니다. 배우고, 적응하고, 참회하고, 자유로워지는 이 네 단계는 정신분석학자 에릭슨이 주창한 성격 발달의 8단계와도 닮아 있어 놀랐습니다. 그 역시 인생을 사계절로 보고, 더 세분화해 사람이 나이 들면서 인성이 발달해가는 단계를 설명했기 때문입니다.

네팔에서는 오래전부터 인생을 100세로 설정했습니다. 이를 4등분 하여 삶의 첫 계절 봄은 25세까지입니다. 이 세상에 태어나 부모에게 배우고 사회에서 학습하는 시기입니다. 그렇게 세상에 적응하는 방법을 배우고 익히는 파릇파릇한 새싹 같은 청년기입니다.

이들에게 띄우는 나의 편지를 이 책의 1부 '세상과 나를 알아가는 그대에게'에 담았습니다.

두 번째 계절인 여름은 50세까지로, 익힌 것을 바탕으로 자신의 삶을 뜨겁게 사는 시기입니다. 취직도 하고 사업도 하고 결혼하여 가정도 꾸리면서, 사회의 일원으로서 자신의 삶을 개척하며 홀로 서는 시기입니다.

물론 달콤한 성공을 맛보는 이도 있고 원하는 대로 풀리지 않아 힘들어하는 이도 있을 테죠. 하지만 그 모든 것이 온전하게 자신의 삶으로 다가오는 시기입니다. 그리고 아직도 뜨거운 인생의 한 시절입니다.

청년에서 장년으로 넘어가는 시기이며, 아직 젊기도 하고 이제 알 만큼 알기도 하며 맡은 책임과 역할도 늘어가는 시기입니다.

2부 '역할을 감내하며 오늘을 사는 그대에게'에 그들에게 띄우는 나의 편지를 담았습니다.

이후로 75세까지는 되돌아보는 시기입니다. 인생의 가을입니다. 가장 뜨거웠던 시기를 보내고 이제 조금씩 차분하게 식어가는 자신을 느끼게 됩니다. 그렇다고 그 열기가 아주 사라진 것도 아니며 여전히 마음에 온기가 남아 있습니다.

푸르던 나뭇잎에 색이 돌다가 어느덧 단풍이 들 듯 완연한 가을을 맞이하는 때, 장년에서 노년으로 넘어가는 시기입니다.

바쁜 삶을 살아오면서 보지 못했던 것들이 보이기 시작합니다. 그동안 최선을 다했다 해도 후회되는 일들이 떠오릅니다. 그리고 삶에 대해 다시금 느끼게 됩니다. 그렇게 지난 시간을 되돌아보며 나와 주변의 사람들을 보는 시기입니다. 삶을 반성하고 참회하는 시간입니다. 그동안의 신념을 인생이라는 거울에 다시 비춰보고 새로운 깨달음을 얻기도 합니다. 그리고 더 온전한 나로서 계속 살아가려 합니다.

3부 '다시 온전한 나를 찾고자 하는 그대에게'에 나 역시 그 시기를 보낸 사람으로서 편지를 적었습니다.

마지막으로 힌두교에서는 76세 이후의 삶을 자유의 시기라고 말합니다. 인생의 마지막 계절인 춥고도 고독한 겨울에, 사람은 무엇으로부터 자유를 누릴까요? 네팔 사람들은 모든 것으로부터의 자유라고 합니다.

인생의 사계절이 끝나가는 시기, 죽음이 멀지 않은 때입니다. 세상과 자신으로부터 자유로울수록 평온해집니다. 자유는 죽음을 맞이하는 가장 평온한 태도이기도 합니다. 집착과 욕심 같은 이생의 것에서 자유로워질수록 죽음과 친해집니다. 그런 사람은 이 세상에 온 것 자체가 덤이고, 내 존재가 기적이라는 생각을 품습니다.

그리고 다시 올 봄을 생각합니다. 한 사람의 사계절이 끝나고 다시 오는 봄은 그 누구도 모릅니다. 하지만 어쨌든 봄은 다시 옵니다. 내 인생의 겨울이 오고 내 인생의 사계절이 끝나도 봄을 기다리는 마음. 그것이 자유가 아닐까, 나는 생각해봅니다.

4부 '행복하게 떠날 준비를 하는 그대에게'에 나와 같은 계절을 보내고 있는 당신에게 편지를 띄웁니다.

어느덧 나 역시 팔순의 나이가 되었고, 마지막 계절을 보내고 있습니다. 봄, 여름, 가을 그리고 지금의 겨울. 참 빨리도 지나간 시간입니다.

네팔 사람들이 나눈 나이대를 엄격하게 적용할 필요는 없습니다. 계절이란 그 환경에 따라 빨리 오기도 더디게 오기도 하며, 계절에서 계절로 넘어가는 시간 역시 늘 흐릿합니다. 그러니 위에서 말한 시기를 자신의 나이에 똑 떨어지게 대입할 필요까지는 없습니다.

누구보다 자신의 계절은 자신이 잘 알리라 생각합니다. 다만 나 혼자 이런 계절을 보내고 있지 않구나 하고 생각해보면 좋겠습니다.

사람으로 태어난 이상 각자 살아간다 해도, 우리 모두는 대부분 같은 사회 안에서 비슷한 과정을 거치기 마련입니다. 그래서 인생의 각 단계마다 연령마다 보편적으로 느끼는 갈등과 행복감이 있다고 생각합니다.

나 역시 한 명의 인간이자 아버지로서, 아들로서, 남편으로서, 직장인으로서, 생활인으로서, 동료로서 당신처럼 인생의 사계절을 보내왔습니다. 당신의 마음에 어떻게 닿을지는 모르겠지만, 나 나름대로 정성들여 편지를 써봤습니다.

그러니 이 책은 인생의 사계절을 보내고 있는 당신에게 띄우는 나의 편지입니다.

지금은 은퇴했지만 오랫동안 정신과의사로서 사람들의 고민을 듣고 도왔던 경험도 담고자 했습니다. 당신에게 띄우는 편지에 조금이나마 도움이 되길 바라는 마음입니다.

끝으로 이 책을 제안한 김민기 과장과 책을 발간해준 샘터에 깊은 감사를 드립니다.

2014년 12월 겨울에

이근후

소통은
삶의 절대조건

근세 독일에 프레데릭 2세라는 왕이 있었다. 호기심이 많았던 그는 어느 날 한 가지 물음을 떠올렸다. '아이들이란 부모가 안 가르쳐줬는데도 어째서 독일 말을 할 줄 알게 될까?'

그래서 왕궁 안에 전국에서 데려온 고아들을 보살피는 보육 시설을 만들었다. 왕은 과학적 실험을 시도했다. 돌 정도 된 아이들을 두 그룹으로 나누어, 한 그룹은 보통 때처럼 보모들이 자연스럽게 보육하게 했다. 그리고 다른 그룹에는 음식을 준다든지, 옷을 갈아입힌다든지, 배설물 처리를 한다든지 하는 일 말고는 절대로 말을 걸지 않도록 했다.

그리고 아이들을 계속 관찰하게 했고 결과를 기록하게 했다. 결과는 이랬다. 말을 걸지 못하게 한 그룹의 아이들은 6개월이 지나면서 죽기 시작하더니, 2년이 되어 거의 모든 아이들이 죽었다.

이 이야기의 어디까지가 사실인지는 모르겠지만 상당한 충격을 줄 만한 사건이라 할 수 있다. 당시의 보육 시설이 잘 갖추어졌는지 그리고 전염병의 유무는 모르겠지만, 아무튼 독일 역사에 기록된 일이다.

여기서 주목하고 싶은 것은 '소통'이라는 문제이다. 소통은 단순히 의사를 전달하는 방법만이 아니라 생명력에까지 영향을 줄 만큼 중요한 기능을 가졌다는 점에 관심이 간다. 즉 살아가는 힘의 근원이 된다는 뜻이다. 그리고 예로 든 고아들의 경우가 아니라 어른이라도 이런 현상에서 자유로울 수는 없다.

소통은 인간에게 꼭 필요한 요소이다. 또한 인간을 인간답게 만든다. 인간이 성숙한다는 것은 어린아이 적 말을 버리고 어른의 말을 한다는 뜻이기도 하다. 성경에서도 "내가 어릴 때에는 어린아이 말을 했지만 장성한 오늘에 나는 어린아이 말을 버렸노라"라고 한다. 정신적으로 성장한다는 말은 사용하는 언어가 성장한다는 뜻이기도 하다. 그리고 언어의 성장에 꼭 필요한 것이 소통이다. 소통 없이는 말이 자랄 수가 없기 때문이다.

좋은 소통이 이루어지기 위해서는, 사람 사이에 오가는 말의 의미가 서로 같아야 한다. 나는 '아' 했는데 저쪽에서 '어'로 받아들이면 소통 자체가 어려워진다. 그래서 좋은 소통을 위해서는 자주 주거니 받거니 하며 상대의 말을 착실히 듣는 연습을 하고 내 뜻을 올바르게 전하는 데 노력해야 한다.

정반합(正反合)을 통한 발전의 원리라고 하는 변증법 역시 소통을 통해서만 가능하다. 소통은 그렇게 정신의 건강을 도모하며, 사회 발전을 이끄는 필수요소일 수밖에 없다.

비록 젖먹이 어린아이라 해도 어른이 젖만 물려줄 뿐 얼러주고 토닥거려주고 중얼중얼 해주고 흔들어주고 업어주지 않으면 결코 건강하게 자랄 수 없다. 이렇게 사람에게 기본적인 삶의 요소인 소통이 원활히 이루어져야 생명력이 생기고 삶과 일상이 윤택해질 수 있다.

중죄를 저지른 범죄자를 독방에 가둔다는 것은 무엇보다 소통을 단절시키는 벌이다. 소통이 없는 삶은 고통이다. 소통이 없는 삶은 우리의 삶을 무미건조하게 하고, 무료하게 하고, 멍하게 만들고, 바보스럽게 만들고, 인생을 지치게 만든다.

소통은 단순히 말을 건네는 수준이 아니라 건네면서 즐거워야 하고, 감동해야 하고, 정보가 늘어야 하고, 속이 후련해야 하고, 삶의 의미를 확인할 수 있어야 한다.

장성한 아들과 아버지 간의 소통, 참 쉽고도 어렵다. 부부간에도 소통이 끊어지면 결별이 온다. 형제간에도 소통이 끊어지면 원수가 된다. 부모 자식 간의 소통이 단절되면 영영 남이 된다. 사회나 국가 에서는 소통이 끊어지면 전쟁이 된다. 얼마나 무서운 일인가?

소통! 소통을 하자. 이웃과도 소통하고, 가족과도 소통하고, 모르 는 사람과도 소통하고, 다른 나라 사람들과도 소통하고, 심지어 원 수지간에도 소통해야 한다. 살기 위해서라도 그리고 살리기 위해서 라도 소통해야 한다. 소통이 결국 풍요로운 삶을 이끈다.

덧붙여,

나는 이상한 주문을 받았다. 이근후 교수가 내가 책을 낼 터인데 그 책의 서문을 무조건 써달라고 했다. 책의 내용은 몰라도 되니 일 단 상상해서 아무거나 서문으로 쓰면 된다고 했다. 그래서 나는 그 책의 내용이 무엇인지도 모르고 이렇게 서문을 썼다. 독자들은 용 서하기를 바란다.

김재은(이화여대 심리학과 명예교수)

차례

머리말 · 5
서문 · 10

1부
세상과 나를 알아가는
그대에게

편지 1   왜 남과 비교합니까? 당신은 이미 유일한 존재입니다   21

편지 2   시간은 돈처럼 모을 수 없습니다   25

편지 3   꿈을 찾지 마세요. 꿈을 만드세요   28

편지 4   웃게 해주고 싶은 사람이 바로 당신의 짝입니다   34

편지 5   당신이 만나는 사람들이 당신이 사는 세상입니다   39

편지 6   난을 키우듯 친구를 사귀세요   43

편지 7   부모님은 결국 당신의 자녀가 되어갑니다   47

편지 8   일등이 아니면 더 재미있습니다   52

편지 9   젊어서 배운다는 것은 엄청난 특혜입니다   60

편지 10 산을 오르는 방법은 한 발짝씩 걷는 것뿐입니다   64

편지 11 나 아닌 누가 나를 온전히 용서할 수 있겠습니까?   68

편지 12 스스로에게 게으른 시간도 마련해주어야 합니다   74

편지 13 내가 한 말에 책임을 질 수 있어야 어른입니다   79

편지 14 자연은 언제나 당신을 기다리는 친구이자 스승입니다   83

편지 15 하고 싶은 일을 하기 위해서는 하기 싫은 일도 해야 합니다   88

편지 16 나를 알아야 내가 가고 싶은 길을 알 수 있습니다   92

편지 17 자유로워봐야 자유를 찾을 수 있습니다   98

2부

역할을 감내하며 오늘을 사는
그대에게

편지 18   기회란 길모퉁이마다 숨어 있습니다 · 107

편지 19   야금야금 해야 더 오래 많이 할 수 있습니다 · 112

편지 20   모두가 가졌다고 꼭 나에게도 필요한 것은 아닙니다 · 119

편지 21   내 이름 자체가 명예로운 사람이 되어보세요 · 127

편지 22   내가 싫은 것은 남에게도 싫은 것입니다 · 131

편지 23   그런데 자녀가 몇 반인지는 아십니까? · 137

편지 24   혹시 자녀의 삶 속에서 살고자 하지 않습니까? · 143

편지 25   바빠도 여유로운 마음을 가질 수 있어야 합니다 · 148

편지 26   배우자에게 화가 났다면 잘 표현해야 합니다 · 154

편지 27   부부간 입장 정리가 되어야 고부간 문제도 풀립니다 · 159

편지 28   부모의 이야기를 들어주는 것이 최고의 효도입니다 · 164

3부

다시 온전한 나를 찾고자 하는
그대에게

편지 29　들어줄수록 더 많은 사람이 찾아옵니다 · 173

편지 30　생각한 것을 행동한 것으로 착각하면 곤란합니다 · 179

편지 31　내가 할 수 있는 것을 나답게 하면 됩니다 · 184

편지 32　퇴직은 직장을 떠나는 것이지 일을 그만두는 것이 아닙니다 · 190

편지 33　내려놓는 것은 포기와 다릅니다 · 197

편지 34　내가 행복해야 남도 행복하게 할 수 있습니다 · 203

편지 35　배우는 것만큼 즐거운 세상 구경이 있겠습니까? · 208

편지 36　인생은 '지금 여기'에만 존재합니다 · 214

편지 37　이혼을 막을 필요는 없지만 권할 이유도 없습니다 · 218

편지 38　아내의 비난을 처음부터 끝까지 들어보세요 · 223

편지 39　가족과 네트워킹 해보세요 · 229

편지 40　알 만큼 안다고 생각한다면 이제 늙은 것입니다 · 234

편지 41　늘 엄숙할 필요가 있을까요? · 240

편지 42　가진 것은 무엇이든 나눌 수 있습니다 · 245

4부

행복하게 떠날 준비를 하는
그대에게

편지 43 나 자신과 많은 시간을 가져야 할 때입니다 · 253

편지 44 스마트하게 나이 들 수 있습니다 · 260

편지 45 젊어 보이려 하지 말고 젊게 사세요 · 266

편지 46 자투리 삶이라고 하기엔 노년이 너무 길지 않나요? · 271

편지 47 경로우대는 사회의 배려입니다 · 279

편지 48 노인의 모습은 정해져 있지 않습니다 · 283

편지 49 상상력이 노후를 더 행복하게 합니다 · 287

편지 50 인생의 가장 자유로운 시기를 누리세요 · 291

편지 51 외로워 말고 생각나는 사람을 찾아가 보세요 · 298

편지 52 어차피 병은 마지막 순간까지 따라옵니다 · 303

편지 53 배우자가 떠난 후의 생활에 대비하세요 · 307

편지 54 유언은 가장 적극적인 삶의 계획입니다 · 312

편지 55 가져갈 수 없다면 최대한 많이 주고 가세요 · 318

편지 56 죽음이 두려워지지 않는 가장 좋은 방법은 준비입니다 · 324

1부

세상과 / 나를 / 알아가는 / 그대에게

삶의 첫 계절 봄은 이 세상에 태어나
부모에게 배우고 사회에서 학습하는 시기입니다.
그렇게 세상에 적응하는 방법을 배우고 익히는
파릇파릇한 새싹 같은 청년기입니다.
이들에게 띄우는 나의 편지를 여기에 담았습니다.

왜 남과
비교합니까?
당신은 이미
유일한 존재입니다

/ 편지 이

　　　나 혼자만 사는 세상이 아니기 때문에 우리는 언제나
비교에서 자유로울 수 없습니다.

　알다시피 비교란 둘 이상의 것을 견주어 차이나 공통점을 살피는
것입니다. 사람은 붕어빵처럼 똑같은 틀에서 찍어낸 물건이 아니니,
서로 간에 다른 점도 닮은 점도 있기 마련입니다. 그러니 비교에서
자유로운 사람이 있을까요? 싫든 좋든 우리는 태어나는 순간부터 늘
비교되는 과정을 거칩니다.

　나는 어릴 때 사촌들 사이에서 많이 비교되었습니다. 고모님이 모
두 여섯 분이었고 고종사촌들이 고만고만한 터울이라 비슷한 또래로

서 어울려 함께 자랐습니다. 그런데 내가 외동아들이다 보니 고모님들에게는 유일한 친정 조카였고, 그래서인지 자신들의 자녀보다 나를 끔찍하게 아껴주셨답니다.

사촌들은 괜히 나와 비교되어 나를 닮으라는 소리를 많이 들었습니다. 내가 사촌들에 비해 특별히 잘한다거나 뛰어난 부분이 있어서가 아니라, 고모님들이 친정 조카에게 느끼는 소중함과 사랑이 컸기 때문입니다. 어린 마음에 기분이 좋았고 우쭐해지기도 하고 그랬습니다. 고모님들이 그렇게 치켜세워 주시니 사촌들 사이에서 늘 잘난 조카 취급을 받았죠.

그런데 학교에 가면 사정이 좀 달랐습니다. 나보다 키 큰 친구도 있고, 공부 잘하는 친구도 있고, 부자인 친구도 있었습니다. 노래 잘 부르는 친구, 잘생긴 친구도 있었습니다. 운동을 잘하는 친구는 참 부러웠죠. 비교란 끝이 없어서, 그렇게 친구 하나하나를 보다 보면 나보다 나은 친구는 있어도 못난 친구는 없는 것 같았답니다. 학교에 있는 모든 친구가 나보다 나은 사람 같았죠. 그러니 기가 죽을 수밖에 없었습니다.

초등학교 때 부잣집 친구가 하나 있었습니다. 이 층으로 된 일본식 집이었는데 놀러 가보면 신기한 가구들이 참 많았습니다. 그런데 녀석은 항상 자기 집이 제일 부자라며 자랑했습니다. 우리 중에는 그런 부잣집을 부러워하는 친구도 있었고 시기하는 친구도 있었죠.

왜 그랬는지 모르겠지만 친구들이 나더러 누가 더 부자인지 그 친구와 겨루어보라고 부추겼습니다. 우리 집이 가난하게 살진 않았지만, 그렇다고 그 친구와 겨룰 만큼 부자도 아니었습니다.

어린 소년들은 무슨 대단한 타이틀매치라도 하듯 날을 정했습니다. 심판도 뽑았고 규칙도 정했죠. 역시 아이들이라 단순했답니다. 각자 집에 있는 물건들을 가지고 나와 누가 더 길게 이어가는가, 이것이 승부를 정하는 기준이었습니다.

그 친구보다 부자가 아닌데도 내가 이겼습니다. 우리 집은 국수공장을 했습니다. 국수 가닥을 끝없이 이어가니, 부잣집 친구 녀석이 제아무리 값진 것들을 모두 들고 나와도 나를 이길 수 없었습니다.

이런 뚱딴지같은 시합을 한 것도 비교 때문입니다. 비교에서 지지 않으려고 나는 열심히 머리를 굴렸습니다. 하지만 지금 생각하면 우습기만 합니다. 그때는 친구들도 나도 여간 진지하지 않았는데 말이죠. 비교란 그런 것 같습니다. 시간이 지나면 저절로 허망해 보입니다.

비교의 결과는 우열입니다. 우월한 정서는 계속 그 상태를 유지하려 하는데, 그러기 위해서는 또다시 비교하며 다시금 우월감을 확인해야 합니다. 반대로 열등한 정서는 우월해지려는 노력으로 이어지기도 합니다. 이 역시 꾸준히 비교하며 이제는 우월한지 확인하는 과정을 반복합니다.

맞습니다. 비교는 사실 죽기 전까지 이어지는 끝없는 과정입니다. 비교를 통한 우월감과 열등감은 살아가는 동안 결과적으로 더 만족스러운 나를 만드는 힘이 되기도 하죠.

젊은 시절에는 비교로 인한 좌절감에 맞설 면역력이 모자랄 수 있습니다. 그래서 지레 포기하거나 겁을 집어먹기도 합니다. 하지만 우리는 최고이기 이전에 유일한 존재입니다. 서로 저마다 다른 단 하나의 존재로 태어났을 뿐입니다. 그러니 남과 나를 비교하기 전에, 우선 어제의 나와 오늘의 나를 비교해보는 건 어떨까요?

시간은
돈처럼
모을 수 없습니다

　　　우리는 자라면서 어른들에게 이런저런 충고를 많이 듣
습니다. 사실 대부분 지겹게 들었던 말들이라 그냥 고개만 끄덕일 뿐
한쪽 귀로 들어와 다른 귀로 나가는 경우가 많습니다.

　그중 가장 많이 듣는 말 중 하나가 시간에 대한 것일지도 모릅니
다. 나 역시 학창 시절에 부모님이나 주위 어른들로부터 시간을 소중
히 여기고 할 수 있을 때 열심히 공부해야 한다, 시간이 지나고 후회
해봐야 소용없다는 말을 많이도 들었습니다.

　물론 맞는 말입니다. 하지만 크게 공감이 가지는 않았습니다. 내가
앞으로 살아갈 시간이 얼마나 긴데, 몇 분 몇 초까지 이렇게 호들갑

일까라는 생각이 들었죠. 사회에 나오니 이제 '시간은 돈이다'라는 말을 많이 하더군요.

세상살이에서 가치를 매기는 가장 손쉬운 척도가 돈이다 보니 그렇기도 하지만, 돈이 가장 중요해 보이기도 해서 그리 말하는 것 같습니다.

하지만 시간 자체가 돈일 수는 없습니다. 시간에 쏟는 노력의 대가를 경제적 단위로 빗대어 말한 것일 테죠. 한정된 시간 동안에 얼마나 투자하여 결과를 얻었는가를 달리 표현한 것입니다.

역설적이게도 '시간은 돈이다'라는 말은 시간을 들여 결과물은 모을 수 있어도 시간 자체는 모을 수가 없다는 뜻입니다. 결국 시간은 돈이 되어도, 돈은 시간이 될 수 없다는 것이죠.

시간은 참 소중하지만, 이를 느끼고 살기란 쉽지 않습니다. 모을 수 없는 것이라 그런지, 흘려보낸 후에야 아까워하고 후회합니다. 그러니 남은 시간보다 지나간 시간이 아까울 수밖에 없습니다.

하루를 알차게 보낸 사람은 지금 당장은 그 값어치를 알 수 없겠지만 한 달이 지나고 일 년이 지나면 어영부영 지낸 사람과는 큰 차이를 느낄 것입니다. 시간을 한 번 잃는다는 것은 시간을 영원히 잃는 것입니다. 잃어버린 시간은 결코 되찾을 수가 없습니다. 시간은 인생의 진리를 실험합니다. 시간이 우리를 따르는 것이 아니라 우리가 시간을 따르는 것이죠.

초등학생 시절, 다른 아이들과 마찬가지로 나에게도 시간은 더디게 흘렀습니다. 좀 바보 같은 이야기지만, 나는 해가 바뀌면 당연히 자신의 띠도 바뀌는 줄 알았습니다. 돼지띠가 싫어 새해를 맞아 다른 귀여운 동물의 띠가 되고 싶었던 것이죠. 그렇게 기다리는 일 년이라는 시간은 정말 길었습니다. 드디어 새해 아침에 부모님께 세배를 드리면서 물었습니다. "올해는 무슨 띠예요?"

노인이 되어서도 여전히 돼지띠로 살고 있는 나에게 이제 일 년은 순식간입니다. 아침에 눈 뜨면 일주일이 가고 일주일이 가면 금방 한 달이 지나갑니다. 이제야 조금 알게 된 시간의 이치를 젊은이들에게 알려주고 싶으나, 어릴 적 내가 느꼈던 부담감 때문에 선뜻 말하기는 힘듭니다. 그래도 느낀 바를 조금 말한다면 이렇습니다.

한 번 지나간 시간은 영원히 돌아오지 않습니다. 영원히 살 수 없는 우리는, 매순간 영원 속으로 시간을 보내고 있을 뿐입니다. 이렇게 한정된 현재를 영원 속에 새기는 것이 인생이니, 소중하지 않은 순간이 있을까요?

꿈을
찾지 마세요
꿈을
만드세요

내 큰손자는 군에 가 있고 외손자는 이번에 대학에 들어갔습니다. 큰손자에게 장래 꿈이 무엇인지 물어보았답니다. 녀석은 돈을 많이 벌고 싶다고 하네요. 그것이 그의 꿈일 것입니다. 하지만 '어떻게 벌 것인가?' 하고 물으면 뚜렷한 아이디어가 있는 것 같지는 않습니다.

입시를 앞둔 외손자가 진로를 고민할 때 나는 도움을 주지 못했습니다. 일부러 그런 것이 아니라 추천해줄 만한 정보가 내게는 없기 때문입니다. "네가 하고 싶은 과목을 선택하면 된다"고 원론적인 말만 해주었을 뿐입니다. 녀석은 수능시험 점수에 맞추어 대학과 학과를 선택해 입학했습니다.

꿈이 중요하다고 하지만 청년들의 꿈은 아직 선명하거나 구체적이지 않은 경우가 많습니다. 부자가 되고 싶다는 꿈은, 오래오래 건강하게 살고 싶다는 말과 그리 다르지 않습니다. 그 자체가 분명 좋은 일이지만, 글쎄요, 그 모습이 구체적으로 그려지나요?

꿈을 꾼다는 것은, 현실에서 실현되길 바라는 미래 자신의 모습을 상상 속에서 그려보는 것입니다. 아직 자신의 꿈이 구체적인 상(像)을 띠지 않는다면 그만큼 절박하지 않다는 것이기도 합니다. 또는 특정한 꿈이 없어도 잘 살아갈 수 있다는 막연한 생각일 수도 있습니다.

물론 꼭 확실한 꿈이 있어야 한다는 뜻은 아닙니다. 다만 꿈이 중요하다고 생각한다면 꿈을 어떻게 꾸어야 할지도 생각해봐야 하지 않을까요?

나는 어릴 때부터 의사가 되겠다는 꿈을 키워갔습니다. 지금 생각해보면 의사가 적성에 딱 맞았다고는 보기가 힘듭니다. 의사가 되겠다는 동기를 찬찬히 연상해보면 절로 웃음이 납니다. 초등학교 저학년 때 엄마아빠 놀이를 함께하던 여자 친구로부터 동화책 한 권을 선물 받았습니다. 주인공이 의사가 되는 내용이었습니다.

같이 놀이를 하던 '엄마'가 선물로 준 책이니 얼마나 소중하게 다루고 읽고 또 읽었겠습니까. 의사라는 모습은 어린 내 가슴속에 그렇게 조용히 자리를 잡아간 것 같습니다.

초등학교 4학년 때 어머니가 위중해서 왕진을 청하러 심부름을 갔습니다. 밤늦은 시간이라 병원 문은 닫혀 있었습니다. 문틈으로 보니 원장님이 계셨습니다. 그런데 조수가 나와 선생님이 안 계신다고 했습니다. 울면서 집으로 돌아오는 길에 나는 맹세했습니다. '나도 의사가 되어……' 이렇게 무의식 속에 잠겨 있던 생각이 나를 의과대학으로 이끌었습니다. 막상 입학하고 공부를 해보니 내 적성과는 거리가 멀어도 너무 멀었습니다. 어렵게 공부를 하면서 의사로서 무엇을 전공할까 고민했습니다.

나는 명확한 이미지를 만들어가고자 했습니다. 그때부터 막연한 소망이 아닌 꿈이 되어갔습니다. '의사 중에 가장 의사 같지 않은 의사'가 무슨 과일까. 그래서 택한 정신의학이지만 그 깊이가 한정 없는 과정이었습니다.

수련의일 때는 경험이 없어 매뉴얼에 의지하기도 했는데, 한번은 머리가 아프다고 찾아온 환자에게 매뉴얼 순서대로 주소와 직업 등을 시시콜콜 물었습니다. 결국 환자는 화가 나서 담당 교수님께 나를 똑바로 가르치라 소리치고 가버렸습니다. 당연히 충격이었죠.

기능뿐 아니라 경험과 통찰이 중요하게 작용하는 정신의학을 공부하면서 나는 그 안으로 더욱 깊이 들어갔습니다. 조금씩 관심과 흥미를 갖기 시작했고, 그럴수록 앞으로 현실로 만들고 싶은 이미지가 더 선명해져갔습니다.

정신의학에서는 꿈에 중요한 두 가지 동기가 작동한다고 봅니다. 하나는 선망입니다. 어떤 대상을 두고 나도 그렇게 되고 싶다는 욕망입니다. 다른 하나는 앙심입니다. 억울하면 출세하라는 속담처럼 나를 거절한 대상처럼 나도 성공하여 보란 듯이 잘살 것이란 적개심입니다. 나는 이 두 가지를 모두 경험했습니다. 꿈을 두고 욕망이니 앙심이니 하며 말하니 왠지 부정적으로 느낄 수도 있을 것 같습니다.

하지만 인간의 감정 자체는 부정성도 긍정성도 없습니다. 감정은 감정 그 자체일 뿐입니다. 중요한 것은 감정이 느끼는 바를 긍정적인 에너지로 바꾸는 방법일 것입니다. 그 방법이란 꿈의 이미지를 더욱 선명하게 만들어가는 것이라 생각합니다.

직업과 관련하여 내가 되고 싶은 모습을 떠올린다는 것은, 현장에 있는 나를 그리는 것이겠죠. 또한 머릿속에서 그려본 것만으로는 오류와 시행착오가 생길 수밖에 없습니다. 하고 싶은 일은 직접 부딪쳐보아야 합니다. 그래야 더 명확한 이미지를 얻을 수 있고, 자신의 길을 확인할 수 있습니다. 내 모습이 정말 잘 어울릴지, 거울을 보듯 살펴보고 경험해볼수록 좋습니다.

요즘에는 원하는 직업을 얻기 위해 대학생들이 스펙이라는 것에 엄청난 노력을 기울인다고 합니다. 물론 자격 요건을 위해 필요하겠지만, 가고자 하는 현장에 대한 관심과 이해가 우선이라 생각합니다. 그리고 현장에 있는 전문가들은 그런 사람을 원하기도 하고요.

내가 앞으로 그곳에서 그 일을 하기를 원한다면, 그곳과 그 일에 많은 관심을 가지세요. 직접 뛰어들어서 그 일을 경험해보세요. 그것이 목표이고, 나머지는 수단일 수밖에 없습니다. 젊은 시절에 목표가 아닌 수단에 더 많은 시간을 투자하고 있다면, 자신의 꿈에 대해 다시 한 번 생각해봐야 합니다. 꿈은 만드는 것입니다.

꿈

생각하는
이미지를
선명하게
만들어
가는것

웃게 해주고
싶은 사람이
바로 당신의
짝입니다

　　　　인생의 가장 큰 선택 중 하나가 결혼입니다. 예전에는
배우자 선택이 가장 큰 과제였는데, 요즘에는 결혼 자체를 할지 말지
가 고민이라더군요. 맞습니다. 결혼은 선택 사항이지 필수 사항은 아
닙니다. 인생에서 필수라는 게 있을 수도 없고요.

　해도 후회고 안 해도 후회라는 결혼. 결혼이란 너무 어렵게 생각해
도 곤란하지만 너무 쉽게 생각해도 후유증이 남을 수 있습니다.

　많은 독신 남녀가 일인 가구로서 살고 있는 우리 사회에서, 이제
친구와 애인이란 용어도 확연히 구분하는 것 같습니다. 과거에는 자
녀를 결혼시킬 때 배우자 선택 기준으로 내가 사랑하는 사람보다 나

를 사랑해주는 사람을 더 선호한 것 같습니다. 그러나 이제는 자기 눈에 콩깍지라고, 마음이 꽂힌 배우자를 선택하는 것이 더 흔한 일입니다.

그만큼 자신의 주관에 따른 감정이 중요하다는 것이겠죠. 이혼율이 증가하는 이유에는 여러 가지가 있겠지만, 자기 주관이 틀렸다는 뒤늦은 후회도 많은 부분을 차지합니다. 결혼한 지 얼마 안 돼서 갈라서는 부부들을 보면, 결혼 후의 성격 차이가 가장 주요한 원인으로 꼽히고는 합니다.

한마디로 이런 사람인 줄 알았는데, 알고 보니 아니었다는 것이죠. 즉 상대방을 주관적으로는 알았어도, 객관적으로는 몰랐다는 뜻입니다.

결혼을 앞두고 교제를 시작한 사람들을 보면 상대방이 나에게 어떻게 해주느냐에 초점을 맞추는 경우를 많이 봅니다. 그만큼 상대방에게 해줄 수 있는 부분은 덜 생각하는 것 같습니다. 그런데 이 모든 것들은 일방적인 선입견일 수밖에 없습니다. 살아보지 않고는 알기가 힘들고, 안다 해도 사람은 바뀌니까요.

배우자가 자신이 느꼈던 부분을 갖고 있지 않다는 것을 결혼 생활을 통해 서서히 알게 됩니다. 그리고 갈등의 골은 깊어집니다. 그렇습니다. '기대감'이 불화의 발단이 되는 것이죠.

제자들이 많다 보니 나는 일찍부터 주례를 많이 서왔습니다. 주례를 할 때마다 붕어빵처럼 똑같은 혼인서약에 문제가 있다고 생각했습니다. 그래서 나는 좀 더 구체적인 약속을 담은 혼인서약을 제시하고 있습니다. 부부를 위한 아주 간단한 시험이기도 합니다. 누구에게나 같은 질문입니다.

(1) 내가 배우자를 위해 해줄 수 있는 다섯 가지, (2) 내가 배우자로부터 받고 싶은 다섯 가지. 이 두 가지를 적어보라고 합니다. 내가 해줄 수 있는 것과 받고 싶은 것의 일치율이 높다면 부부의 미래는 밝을 것입니다. 반대로 일치율이 낮다면 그것은 일방적인 욕구이고 일방적인 감정일 뿐입니다.

교제하는 동안 만남의 즐거움만 즐길 것이 아니라, 서로를 올바르게 알아가는 시간을 가져야 합니다. 결혼하면 사랑으로 모든 것이 잘되리라고 믿는 것은 허상입니다. 나를 알리고 상대방에게 궁금한 점을 물어야 합니다.

우리 결혼하면 나는 당신에게 이런 것을 힘 안 들이고 해줄 수 있다, 당신은 내가 원하는 이것을 해줄 수 있는가, 이런 의사소통이 필요합니다. 나만 일방적으로 상대를 파악하면 안 됩니다. 쌍방이 서로를 파악해야 합니다. 그것이 결혼을 위한 첫 단계입니다.

내가 해마다 가는 네팔에는 독특한 결혼 문화가 있습니다. 알고 지내는 현지 셰르파에게서 직접 들은 설명입니다. 혼기가 찬 아들을 데리고 아버지가 점찍어둔 집으로 갑니다. 이때 술 한 병을 들고 갑니다. 준비해 간 술을 따라 그 집 딸의 아버지에게 권합니다. 술을 받지 않으면 거부의 표시입니다. 술을 받아 마시면 아버지는 아들을 놔두고 가버립니다. 그날부터 남녀는 동거를 시작합니다.

일 년 후 양가 부모들이 모여 커플에게 묻습니다. "재미있게 사느냐?" 둘 중 하나라도 싫다면 바로 원상복귀입니다. 서로 만족해서 계속 살다가 임신을 하면 양가가 다시 모입니다. 또 묻습니다. "재미있게 사느냐?" 마찬가지로 한쪽이라도 싫다면 원상복귀입니다.

아이를 낳은 후 다시 양가가 모입니다. 또 묻습니다. "재미있게 사느냐?" 둘 다 그렇다고 하면 그때야 결혼식을 올립니다. 결국 빨라도 일 년이고 길게는 5년까지 걸리는 결혼식인 것입니다. 지금도 여전히 시골에서 이어지는 전통입니다.

결혼식을 올리기 전에 커플이 갈라선다 해도 다른 평가나 뒷말은 없습니다. 남자나 여자나 다시 짝을 만나는 데도 전혀 지장이 없습니다. 이미 아이가 생겼다면 모계 사회인 만큼 엄마 쪽에서 양육합니다.

하지만 결혼까지 하고 이혼을 했다면 상황은 달라집니다. 사회적으로 매장을 당합니다. 이곳에서 사회적으로 가장 무시당하는 사람이 이혼한 사람입니다. 시간을 두고 무려 네 번이나 물었는데 이혼을 하다니! 천하의 바보가 되는 것입니다.

네팔의 결혼 제도는 너무나 당연한 결혼의 중요한 두 가지 덕목을 강조하고 있습니다. 그것은 '선택'과 '책임'입니다. 결혼을 할 것이라면 이 두 가지를 절대 잊지 말아야 합니다. 배우자는 끌리는 감정으로 선택할 수 있지만, 결혼이라는 제도는 감정으로 선택할 것이 아니기 때문입니다.

웃게 해주고 싶은 사람이 당신의 짝일 것입니다. 다만 그 웃음이 더 오래가고 더 큰 행복으로 이어지도록 노력해야 하는 약속. 그것이 결혼입니다.

"자아는 부모가 허용해주는 범위만큼 자란다." 이런 말
이 있습니다. 좀 어렵지만 심리학이나 정신의학 등 마음을 연구하는
사람들은 익히 듣는 말입니다. 사람은 태어나 자라면서 부모가 가르
치고 학교에서 가르치고 또 사회가 가르칩니다. 그런 가르침을 자기
것으로 만들고 간직하며 나름의 적응 습관을 터득해 세상을 살아갑
니다. 말하자면 배운 것을 응용하며 살아간다는 뜻입니다.

　　이런 개념에서 보면 부모님이나 선생님들이 가르쳐주지 않은 것은
사실 습관화하기 어렵습니다. 간혹 스스로 터득하여 가르쳐주지 않
았던 습관을 몸에 익히는 사람도 있긴 합니다. 자아가 매우 강한 사

람입니다.

나의 경우에는 부모님이 허락해주지 않아서 습관으로 만들지 못한 부분이 있습니다. 우선 헤엄을 치지 못합니다. 당시로서는 희귀한 외동아들이었기 때문에 부모님은 내가 물가로 나가 노는 것을 허락하지 않았습니다. 심지어 학교 체육시간에도 운동을 할 수 없었습니다. 부모님이 미리 선생님께 말씀드려 견학만 하도록 했기 때문이죠.

어릴 때는 자아가 강하지 못해 부모님 말씀이라면 효자처럼 잘 들었습니다. 그 결과로 헤엄을 칠 줄 모르고 운동이라곤 변변히 할 줄 아는 것이 없습니다.

그리고 경제 개념이 없습니다. 돈이란 것을 잘 모릅니다. 은행에 가서 돈을 찾거나 저축할 줄을 모릅니다. 생각해보면 어릴 때 돈에 대해 교육받은 적이 없습니다. 문방구에 가서 학용품을 사본 경험도 없습니다. 부모님이 사다놓은 것을 받아 쓴 기억밖에 없습니다.

학교 공납금도 봉투에 넣어 주면 그것을 서무과에 주고 영수증만 받아 갖다 드렸습니다. 이후로도 직접 돈을 만져본 경험이 거의 없습니다. 물건을 사본 경험도 별로 없습니다. 그 여파는 어른이 되어서 극명하게 나타났습니다. 헤엄은 지금도 못할 뿐 아니라 바다가 그리 친근하게 느껴지지 않습니다. 돈의 필요성은 느끼지만 관리할 능력이 없습니다.

한 인생의 삶이 전개되는 양상은 부모가 자아의 경계를 얼마나 넓게 허용해주는가에 달렸다고 할 수 있습니다. 부모가 허용해주는 범위만큼 자란다는 말이 실감납니다.

부모로부터 받은 학습된 습관을 가지고 사회에 나가, 어떤 사람들과 인연을 맺고 살아가는가는 매우 흥미로운 일입니다. 습관에 맞는 사람을 만나면 편할 테고, 습관이 서로 다른 사람을 만나면 갈등이 생깁니다. 인연 따라 사람을 만난다는 말도 있지 않습니까? 습관과 맞는 인연이면 선한 인연이 될 것이고 갈등을 유발하는 인연이라면 악연이 될 것입니다.

선현들은 사는 동안 선한 인연을 많이 만나 행동 범위를 넓혀가기를 지혜롭게 권했습니다. 더 많은 사람들과 인연을 맺어가며 폭넓게 사는 사람도 있고, 적은 인연이지만 깊게 사귀면서 살아가는 사람도 있습니다. 모두 제 나름의 뜻을 가진 인연입니다. 넓거나 좁은 것은 문제가 되지 않습니다. 그 인연의 고리가 선한가 악한가, 이것이 문제일 뿐이죠.

설령 부모로부터 받은 학습 습관이 잘못되었다 해도 사회에서 좋은 선생과 인연을 맺을 수도 있고 친구를 통해 모자란 습관을 보충할 수도 있습니다. 그러니 살면서 만난 인연이란 너무나 중요할 수밖에 없습니다.

되돌아보면 나 역시 선한 인연이 많은 덕분으로 지금에 이르렀으니 고맙고 다행입니다. 때로는 내 문제를 이기지 못해 갈등하고 방황한 적이 있으나, 그때마다 선한 인연을 만나 마음자리를 바로잡았습니다.

내가 만나고 관계를 맺는 사람들이 내가 사는 세상입니다. 한 사람이 살아가는 사회의 범위는 인연을 맺은 사람들의 폭과 깊이에 의해서 좌우된다 해도 지나치지 않습니다. 좋은 세상에서 사는지, 나쁜 세상에서 사는지, 그것은 오늘 내가 누구를 만나느냐에 달렸습니다. 그리고 나 또한 상대방의 세상인 것을 잊지 말아야 합니다.

이렇게 보면 좋은 세상을 만들어간다는 것은, 가까운 사람들과 좋은 일들을 해나간다는 말로도 바꿔볼 수 있겠습니다.

난을 키우듯
친구를
사귀세요

/ 편지 06

　　"그 사람을 알고 싶으면 우선 그의 친구가 누구인지 알아보라." 터키 속담이지만 많은 사람들이 이미 이렇게 생각할 것입니다. 비슷한 말들로 유유상종이나 끼리끼리 논다는 말도 있습니다.

　　친구는 또 하나의 나이며, 자기 이외의 또 다른 자기라고 할 수 있습니다. 닮은 사람끼리 모이는 이유이기도 합니다. 부모나 어른들은 자녀가 친구를 사귈 때 걱정을 많이 합니다. 혹시 나쁜 친구를 사귀어 자녀도 그렇게 될까 염려하는 것이죠.

　　성경에 "슬기로운 사람과 어울리면 슬기로워지고 어리석은 자와 어울리면 해를 입는다"는 말이 있는 것처럼요. 나도 어릴 때 부모님에게 비슷한 말씀을 듣고 자랐습니다.

초중고교를 다니는 동안 나에게는 친구가 많지 않았습니다. 수줍음이 많아 적극적으로 다가가지 못했습니다. 하지만 대학에 들어가서는 과의 대표를 맡고 친구의 범위도 적극적으로 넓혀갔습니다. 맡은 직분 때문에 그랬기도 했지만 어쨌든 많은 친구들을 사귀고자 했습니다.

하지만 내 뜻과 맞는 친구와 맞지 않는 친구는 명확히 구분해서 대하는 습성이 생겼습니다. 그러다 보니 친한 친구도 있었고 서로 각을 세운 친구도 있었습니다. 상당히 주관적이고 이분법적인 편 가르기였습니다. 내가 옳으니 그런 나와 생각을 같이하지 않는 친구는 당연히 옳지 않다고 치부했었습니다.

학교를 졸업하고 의사가 되었습니다. 이제는 친구들 사이에 있기보다는 환자들 사이에 있게 되었습니다. 내가 돌보아야 할 사람들이었습니다. 하지만 사람에 대한 시선은 아직 학생 때와 그리 많이 달라지지 않았던 것 같습니다. 환자들에게 나의 그런 태도가 무의식중에 닿았을지 모릅니다.

어느 날 선배님 한 분이 나에게 호를 지어주셨는데 '무하(无何)'였습니다. '너는 의사이니 사람을 가려서는 안 된다'는 조언을 담은 호였습니다. 맞습니다. 의사는 환자를 구분하면 안 됩니다. 몸이나 마음이 불편한 사람은 누구나 나에게 같은 환자여야 합니다.

이후로 사람을 대하는 습관을 조금씩 바꾸어갔습니다. 환자뿐 아니라 주변 사람 역시 구분 없이 다가가려는 노력을 많이 했습니다. 하지만 쉽지 않았습니다. 가까워질 수는 있어도 유지하기는 쉽지 않다고 느꼈습니다.

나에게는 난에 관한 부끄러운 기억이 있습니다. 환자들로부터 감사의 표시로 작은 난을 선물 받기도 했습니다. 그런데 이 난을 보고 즐기기만 했지 잘 가꾸지는 못했습니다. 어느 날 생각이 나서 들여다보면 이미 시들어 있고는 했습니다. 부랴부랴 물을 줘보지만 한 번 시들기 시작한 난은 잘 살아나지 않았습니다. 내가 죽인 것입니다. 반대로 죽지 않게 하려고 기를 쓰고 물을 주고 아끼고 보살피면 그 때문에 죽기도 했습니다.

한번은 어머님이 그렇게 다 시든 난을 마당으로 옮겨 돌보았습니다. 다 죽어가던 난이 생기를 찾더니 꽃까지 피웠습니다. 살아난 난을 보고 나는 속으로 부끄러웠습니다. 난 하나 살리지도 못하는 주제에 환자를 돌본다? 친구를 사귄다? 그런 생각으로 마음이 편치 않았습니다.

지금도 난을 보고 있으면 친구란 존재와 겹칩니다. 너무 무관심해도, 너무 많은 관심과 애정을 주어도 시들고 마는 난은 꼭 친구와 같습니다. 서로를 존중하는 마음으로 적절한 관심과 애정을 주고받을수록 더 오랫동안 건강한 관계를 맺어갈 수 있다는 점에서 그렇습니다.

아무리 가깝게 지내는 살가운 친구라도 오래가지 못하면 무슨 소용일까요? 결국 오래가는 친구가 내 인생에서 가장 좋은 친구가 아닐까 합니다. 그러기 위해서는 난을 대하듯 서로가 불편하지 않은 적절한 관심을 유지할 필요가 있습니다.

우리는 친구를 위해 충고해줄 입과 그의 고통을 들어줄 귀를 가지고 있습니다. 친구 역시 나를 위해 입과 귀를 가지고 있습니다. 서로의 입과 귀를 난 대하듯 하면 즐거운 관계가 될 것입니다. 서로 존중해주고 존중받아야, 두고두고 향기를 머금는 난처럼 오래갈 것입니다.

부모의 마음은 깊습니다. 어린 자식은 그 깊이를 헤아리지 못합니다. 스스로가 그럴 깊이를 갖지 못했기 때문입니다. 부모의 그늘은 참 넓습니다. 어릴 때는 그 넓은 그늘에 의존해 살지만 좀 자라면 성가시다고 생각합니다. 미련한 생각입니다.

부모는 자식에게 울타리 같은 존재입니다. 울타리는 안에서 보면 나를 가두고 밖에서 보면 나를 보호해줍니다. 아이는 철이 들면서 시선이 바깥으로 향합니다. 울타리가 답답하고 성가시게 느껴집니다. 부모와 자녀의 갈등은 이 울타리의 높이 그리고 걷어내는 시점에 따라 다양하게 나타납니다.

울타리 안에 있는 동안, 그곳은 하나의 세계입니다. 어릴 적에 우리는 좋은 것이든 그른 것이든 그 안에서 보고 배웁니다. 닮아가는 것이죠. 이런 학습의 시기를 보내고 마침내 독립하여 가정을 이루고 아이를 낳고 새로운 울타리를 칩니다. 또 하나의 세계인 것입니다.

이 과정에서 많은 것을 느끼게 됩니다. 울타리를 치는 것이 결코 쉽지 않다는 것. 관리하기도 벅차다는 것. 아이가 그 안에서 잘못될까 봐 노심초사. 그리고 아이가 울타리 밖을 보기 시작할 때 느끼는 서운함. 결국 같은 상황에서 나의 부모는 어떻게 했는가를 떠올립니다. 그리고 어느 순간 발견합니다. 깊은 뜻과 넓은 그늘을 몰랐다는 사실을.

삶을 살아간다는 것은 단순한 과정으로 볼 수도 있습니다. 누군가의 자식으로 태어나 부모로부터 습득한 삶의 방식을 응용해 독립하고 나 또한 부모가 되어가는 것입니다.

여기서 크게 두 부류로 나뉠 수 있습니다. 부모와 비슷하게 사는 사람이 있고, 최대한 다른 모습으로 살아가는 사람이 있습니다. 부모를 닮고 안 닮고를 떠나, 두 경우 모두 부모로부터 학습했다고 할 수 있습니다.

독립하는 시기를 즈음해서는 크게 세 가지 유형으로 나눌 수 있겠습니다. 부모에게 전적으로 의존하는 캥거루족이 있습니다. 스무 살

넘은 성인이 되어 경제적이든 정신적이든 부모 없이는 삶이 어렵다고 생각한다면 캥거루족이라 할 수 있습니다. 몸은 어른이지만 아직 그 정체성이 누구의 자녀로서만 머문 채 살고 있기 때문입니다.

두 번째는 의존은 하지만 일정한 물리적 거리를 두는 삶입니다. 아직 부모가 필요하지만 간섭은 받지 않겠다는 유형입니다.

세 번째는 독립적인 삶을 사는 유형입니다. 어릴 때 부모에게 배운 것을 바탕으로 자기 삶을 스스로 만들어가는 사람입니다. 이론적으로 보면 가장 건강한 삶이라 할 수 있습니다. 독립적이라고 해서 부모를 남 대하듯 하는 것은 아닙니다. 독립이라는 기준은 그리 복잡하지 않습니다. 자신이 주도적으로 선택하고 그 결과를 전적으로 책임지는 태도입니다.

친구 중에는 미국에서 의사가 된 사람들이 여럿 있습니다. 그중 한 친구가 나에게 편지로 상담을 요청한 적이 있습니다. 내용인즉슨, 자식이 18세 성인이 되어 집을 나가겠다고 선언했다고 합니다. 그런데 집을 사 달라고 했답니다.

성인이 되자마자 집을 나가는 것은 미국 방식이고, 부모에게 집을 부탁하는 것은 한국 풍습을 따르는 셈입니다. 나는 이중국적자로 만들지 말고 미국이니 미국 방식대로 스스로 독립하게 하라고 했습니다.

대학 시절에 미국 영화를 보고 충격을 받은 적이 있습니다. 자식이 어느 날 아버지를 찾아와서 결혼식이 있으니 시간 있으면 오라는 말을 합니다. 18세 이후에 부모로부터 받은 것이 없으니 나도 줄 것이 없다, 우리는 그런 관계이니 시간을 내어 참석해주면 고맙겠다라는 말로 들렸습니다.

어쨌든 무엇이 좋다 나쁘다라고 제삼자가 평가할 수 있는 문제는 아닌 것 같습니다. 가족이기 때문에 상호의존할 수도 있기 때문이죠. 부모가 능력이 있고 왕성한 삶을 이어갈 수 있다면 앞선 두 가지 유형도 괜찮을 수 있습니다. 하지만 절대 간과하지 말아야 할 것이 있습니다. 시간입니다. 세월 앞에는 장사가 없습니다. 부모만 늙는 것이 아니라 자식인 나도 늙습니다. 시간은 누구에게나 공평합니다.

우리가 어렸을 때 느꼈던 부모의 깊이나 넓음은 점점 희미해지다가, 이제 내가 늙었다고 생각할 즈음에는 흔적도 찾지 못할 수 있습니다. 자식은 이런 부모를 측은하게도 보고 분한 마음을 느끼기도 합니다.

측은한 감정은 나이가 든 부모에 대한 공통된 정서일 것입니다. 분하다는 것은 어렸을 때 느꼈던 그 당당하고 깊고 넓은 당신을 볼 수 없어 생기는 자기 분노입니다.

시간은 흘러갑니다. 부모도 늙고 나도 늙어갑니다. 마음을 좀 가라앉히고 생각해봅시다. 이제 그들은 당당하게 나를 학습시켰던 부모가 될 수 없습니다. 세월 앞에 담담하게 사그라지면서도 자식을 자랑스럽게 생각하며 살아가는 한 노인일 뿐입니다. 여전히 부모로서 기대를 한다면 그것은 욕심일 수 있습니다. 그리고 실망감만 쌓일 수 있습니다.

부모는 우리가 유아일 때 서투른 것에 실망하지 않았습니다. 당연하다고 여기고 귀여워하며 돌보았습니다. 늙는다는 것은 보호해주는 사람에서 보호를 받는 사람이 되어간다는 뜻입니다. 그렇게 달라져가는 부모에게 낙담하거나 실망할 필요가 있을까요?

스스로 하나의 비밀을 품어볼 수도 있습니다. 이제 부모는 내가 돌볼 자녀가 되어간다고. 그 마음과 사랑에 보답할 수 있는 시간의 선물이라고.

/ 편지 08

　　　　나는 일등을 한 번 해보고 망한 사람입니다. 초등학생 때 일등이 하고 싶어 용을 썼습니다. 일등을 하면 분명히 부모님이 좋아하실 테고 칭찬도 받을 테니 그러고 싶었습니다. 그런데 그게 생각처럼 쉽지 않았습니다.

　우리 반에 항상 일등을 놓치지 않는 친구가 있었습니다. 공부를 잘할 뿐 아니라 운동도 만능이었습니다. 친구들과도 잘 어울려 편을 갈라 놀이를 할 때면 언제나 그 친구의 편이 많았습니다. 그런데 집은 가난하여 학교를 마치면 우리 학교 앞에 좌판을 깔고 삶은 고구마를 팔았습니다. 나 같으면 가난도 부끄러웠을 것이고 더욱이 우리

학교 앞에서 고구마를 판다니, 어린 마음에도 상상할 수 없는 일이었습니다.

그러고 보면 그 친구는 공부만 일등이 아니라 삶에서도 이미 나보다 조숙했습니다. 나는 그가 목표였습니다. 그를 능가해서 일등을 해보려고 안간힘을 썼습니다. 정말 할 수 있는 한 최선을 다해 열심히 공부한 적도 있습니다. 그래도 안 되었습니다. 가정 형편으로만 봐도 내가 친구보다 훨씬 우세한 여건이었습니다. 친구가 고구마를 파는 동안에 나는 공부에 집중할 수 있었으니까요.

그럼에도 불구하고 초등학교를 졸업할 때까지 단 한 번도 그를 따라잡지 못했습니다. 학교를 졸업하면서 나는 나름의 큰 깨달음을 얻었습니다. '일등이란 아무나 하는 것이 아니고 하늘이 정해준 사람만이 할 수 있구나.' 그렇게 나는 그를 하늘이 정해준 친구로 마음속에서 정리했습니다.

중학교에 들어가면서 마음이 좀 편해졌습니다. 일등에 대한 집념을 버리니 이제 나에게 석차는 별 의미가 없었습니다. 다만 재미있는 과목과 재미없는 과목으로 나누어 학업에 임하다 보니 과목별로 성적이 들쑥날쑥했습니다. 그래도 재미있는 과목이 있어 그만큼은 즐거웠습니다.

그런데 1학년 첫 학기를 마칠 때 성적표를 받아 보니 내가 반에서 일등을 한 것이었습니다. 그럴 리가 없다고 생각했습니다. 책상 밑으로 다시 펼쳐 본 성적표에는 확실히 1/60이라고 석차가 뚜렷이 적혀 있었습니다. 눈물이 났습니다. 눈물을 흘리다 못해 훌쩍거렸습니다.

'이미 나는 하늘이 내린 존재가 아니라며 담담히 정리를 했는데 어찌 된 일일까?'

울음을 참으려던 나를 본 담임선생님이 내 머리를 쓰다듬어 주시면서 말씀하셨습니다.

"누구나 열심히 공부하면 일등을 할 수 있어."

나는 감정이 북받쳐 더 울었습니다. 이런 일이 있은 후 중학교를 지나 고등학교 졸업 때까지 내내 무거운 짐을 안고 공부해야 했습니다. 중학교 2학년 때 모의고사에서 일등을 한 번 했지만 진짜 시험이 아니라 더 쓰라렸습니다. 그 이후로 한 번도 일등을 지켜내지 못한 나로서는 공부가 즐겁지 않았습니다. 일등은 고사하고 중학교 3학년 때는 성적이 바닥을 헤매기도 했습니다. 사춘기까지 겹쳐 가슴앓이도 몹시 심했습니다.

초등학교를 졸업하면서 일등에 대한 마음의 정리를 겨우 해두었는데, 막상 일등을 한 경험이 나머지 학창 시절을 내내 혼돈으로 몰았습니다.

대학에 진학했고 또다시 즐겁지 않은 공부가 계속되었습니다. 의과대학 6년을 공부하면서 느낀 내 체감 성적은 늘 낙제를 겨우 면한 수준이었습니다. 아슬아슬하게 진급하며 가슴을 졸였으니 공부가 재미있다고 느낄 겨를이 없었습니다.

시간에 쫓겨 시험을 치고 나면 또 시험이 닥쳤고, 성적이 나빠 재시험을 치고 나면 어느새 해가 바뀌어 봄이 성큼 다가왔습니다. 봄이와도 봄인 줄 몰랐습니다. 의학을 공부한다기보다는 늘 시험 준비만하는 기분이었습니다.

나 스스로 느끼기에 공부다운 공부는 교수가 되면서 새롭게 시작했던 것 같습니다. 후학을 가르쳐야 하는 입장이니 가르칠 만큼 내가먼저 공부해야 했기 때문이죠. 초중고 때 경험했던 공부와는 판이하게 달랐습니다. 누구와 경쟁하는 공부가 아니라 스스로 능력을 배양시키고 진화시키는 공부였습니다. 그제야 공부의 묘미를 터득하기 시작했습니다. 바로 이때부터 조금씩 공부가 즐거워졌습니다.

그런 경험 때문에 좀 독특하게 학생들에게 시험을 치른 적이 있습니다. 시험이 끝나고 며칠 후 다시 똑같은 시험을 치게 했죠. 앞의 시험은 성적을 평가하기 위한 것이었고, 뒤의 시험은 벼락치기 공부 없이 학생 스스로 내용을 복기하면서 자신의 온전한 실력을 다시 평가해보라는 취지였습니다. 학생들이 좀 별나다고 느끼긴 했겠지만 나름대로 얻고 깨우친 것이 있으리라 기대했습니다.

사실 제대로 공부를 하고자 하는 학생이라면 시험이 끝난 후에도 못 본 부분을 마저 공부하겠죠. 성적이 아닌 익히는 것이 목표일 테니까요.

또 한번은 아예 시험 감독을 하지 않기도 했습니다. 그리고 마지막에 '나는 이 시험을 양심껏 쳤습니다'라는 문장에 오엑스 체크를 하게 했습니다. 일주일 지나 과대표가 와서 시험을 다시 보겠다고 하더군요. 차라리 시험 감독을 해달라는 말까지 했습니다. 오히려 학생들이 심적으로 힘들어한다고요. 나 나름대로 학생들이 시험의 진정한 의미를 알게 하는 데 도움을 주고자 했던 시도였습니다.

정년퇴임을 하면서 나는 퇴임사를 통해 제자들에게 부탁했습니다. "지금까지는 내가 여러분들의 스승이었습니다. 이제 내가 퇴임하면 그때부터는 여러분들이 나의 스승입니다. 그러니 나에게 가르침을 주는 것에 인색하지 마시길 바랍니다."

현역에 있을 때는 제자들을 가르치기 위해서도 새 이론이나 지식을 먼저 알고 전수해주어야 했습니다. 그러니 내가 앞서가야 했습니다. 그러나 퇴임하고 나면 새로운 지식에 직면해 습득할 기회가 훨씬 줄어듭니다. 그러니 내가 그들에게 헌신했듯이 이젠 퇴임한 나에게 그들이 최신의 지견을 알려주어야 한다는 논리였죠. 제자들이 아무리 이 말을 겸손하게 받아들였다 해도 나는 그런 기대를 저버리지 않고 있습니다.

돌이켜 보면 내가 중학교 1학년 때 딱 한 번 받아본 일등의 경험이 나에게 미친 영향이 꽤 컸습니다. 어렸을 때의 강렬한 기억이 공부에 대한 재미를 앗아 갔던 것 같습니다. 초등학교를 졸업하면서 버렸던 일등에 대한 집착, 그것이 다시 찾아오지 않았다면 오히려 마음 편히 공부를 즐겼을지도 모르겠습니다.

정말 늦게도 깨달았습니다. 공부란 수단이 아닌 것을, 그 자체로 목적이라는 것을. 초등학교 때 일등을 놓치지 않았던 그 친구는 이미 알고 있었는지도 모릅니다. 아니, 애초에 등수에는 관심이 없었을지도 모릅니다. 하지만 한 가지는 확실하다고 생각합니다. 그 친구는 내가 지금 느끼는 공부의 즐거움을 이미 그때 만끽하고 있었을 것입니다.

공부가 아니더라도 마찬가지일 것입니다. 일등이 아니면 어떻습니까? 어느 분야든 어떤 일이든, 진짜 승자는 즐기는 사람입니다.

즐기는
인생이
일등보다
신나는
인생입니다

젊어서
배운다는 것은
엄청난
특혜입니다

/ 편지 09

　　요즈음에는 배움의 기회가 참 많습니다. 예전에는 배우려면 학교에 가야 한다고 생각했는데 이제는 그것도 고정관념이 된 것 같습니다. 그만큼 다양한 형태로 교육의 기회가 펼쳐지고 있기 때문이죠.

　　1980년대 초 유럽을 여행하면서 스웨덴과 노르웨이를 간 적이 있습니다. 그곳의 친지들과 만나 여러 이야기를 나누었는데 교육제도에 관한 것도 있었습니다.

　　스웨덴 친지의 자녀가 대학교를 다니는데 느닷없이 취직을 한다는 것이었습니다. 친지는 아무런 내색도 없이 그렇게 하라고 했다고 합니다. 나는 한국의 부모로서 그런 게 가능한지, 그래도 되는지 의아해서 물었습니다. 그랬더니 이곳의 교육은 일생 동안 열려 있어서 우리나라처럼 딱 정해진 기간 동안에 졸업해야 하는 구속력이 없다고 했습니다. 참 신기했습니다. 취업을 하고 얼마간 실무를 익히다가 다시 학교로 돌아가 학업을 마칠 수 있다니요. 부러웠습니다.

나에게는 고모님이 여섯 분 계십니다. 그런데 여섯 분 모두 문맹자였습니다. 당시 할아버지께서 여자는 교육을 시키면 안 된다는 생각을 가지셨습니다. 경제적으로 부유한 집안이었으나 남자들만 교육을 시킨 것이죠. 고모님들은 친정에 오면 나를 붙들고 한글을 가르쳐달라고 하셨습니다. 이름 석 자를 적어드리고 연습시킨 기억이 납니다. 고모님들은 이름을 쓰면서 아주 즐거워하셨습니다. 나를 선생님이라고 놀리면서도 자신의 이름을 썼다는 것에 무척이나 자랑스러워하셨습니다.

나의 경우에는 초등학교 때는 부모님이 즐거워하시니까 열심히 했던 것 같습니다. 부모님이 칭찬해주시면 그것이 즐거워 행복했습니다. 중고등학교 때는 사춘기가 왔고 6·25 사변이 나면서 혼돈 속에서 지내야 했으니 공부가 재미없었습니다.

공부는 뒤로하고 설익은 사유에 빠져들곤 했던 것 같습니다. 그리고 대학교 때는 공부에 밀려 정신없이 보낸 기억밖에 없습니다. 학창 시절 전체를 두고 보면 재미있게 한 공부는 아니라고 할 수 있겠죠.

교수가 되어 제자를 가르치는 입장이 되고 보니 진작 더 열심히 공부해두지 못한 게 후회되었습니다. 조금이라도 더 알았다면 더 많은 것을 전해줄 수 있었을 텐데라는 아쉬움이 항상 따라다녔습니다. 그리고 정년퇴임을 하고 우연한 기회에 사이버대학교에 들어갔습니다.

문화학과에서 공부하는 4년간이 그렇게 즐거울 수가 없었습니다. 그 이유는 자발성이었던 것 같습니다. 늦은 공부지만 평소 해보고 싶었던 학문이라 스트레스도 받지 않았습니다. 그저 즐거울 뿐이었죠.

학창 시절에는 참으며 했던 공부였지만 나이가 들어 스스로 참여한 공부는 삶의 큰 즐거움이었습니다. 강의가 기다려지고 새롭게 알아가는 하나하나가 소중할 수밖에 없었습니다. 교수까지 했던 사람이 이 나이에 익히는 즐거움을 새롭게 깨닫다니요.

그런데 즐거운 만큼 아쉬움도 컸습니다. '지금 알게 된 걸 그때도 알았더라면'이라는 말이 절로 떠올랐습니다. 공부에 대한 욕심은 더 많이 알고자 하는 면도 있겠지만, 더 이른 시기에 깨우치고자 하는 욕구도 크다는 것을 느꼈습니다.

물론 공부란 언제나 할 수 있지만, 분명 효과가 배가되는 결정적 시기가 있습니다. 일례로 많은 업적을 남긴 석학들을 보면 대부분 젊은 날의 학습이 두드러져 보입니다. 이름난 학자가 된다는 것은 젊어서부터 꾸준히 쌓아온 학문의 영향도 있겠지만, 젊었을 때의 집중적인 학습이 가장 큰 요인이기도 합니다.

요즘에는 학생들을 보면 참 안쓰럽습니다. 자발적으로 공부에 관심을 갖는 학생도 있겠지만 대부분은 의무감에 즐겁지 않은 공부를 합니다. 그럴수록 공부로 얻는 효과를 아는 과정이 필요합니다. 또한 젊었을 때 하는 공부는 얼마나 큰 혜택인가요. 어차피 넘어야 할 산이라면 노인의 육체보다는 청년의 육체로 오르는 것이 훨씬 낫습니다.

공부가 삶의 기초를 이루는 결정적인 시기는 분명 존재합니다. 그 시기를 놓친다면 엄청난 혜택을 놓치는 것입니다. 그러니 공부를 재미있게 할 수 있는 동기와 방법도 부지런히 찾아야 합니다. 젊어서 논다는 말은 젊어서 공부한다는 말과 사실 그리 다르지도 않습니다.

산을 오르는
방법은
한 발짝씩 걷는
것뿐입니다

/ 편지 10

       부쩍 많은 사람들이 산행을 즐기는 것 같습니다. 주말에 서울 북한산의 백운대만 올라가도 줄을 서서 차례를 기다려 올라야 할 만큼 등산 인구가 많아졌습니다. 이런 추세는 국내뿐만 아니라 히말라야에서도 그렇습니다.

  세계에서 가장 높은 봉우리인 에베레스트를 오르는 등반가들이 한 시즌에 몇백 명은 된다고 합니다. 그리고 같은 날 같은 시간에 정상을 밟는 사람들의 수가 두 자릿수에 이른다고 하니, 이제 에베레스트 정복도 아주 엄청난 일은 아니게 되었습니다.

  산에 오르는 대부분의 사람에게 가장 큰 기쁨은 정상 정복일 것입니다. 마침내 정상에 오르는 순간을 위해 우리는 길고도 긴 오르막을 오르며 힘겹게 한 걸음 한 걸음 옮겨야 합니다.

에베레스트로 가는 길목 샹보체라는 곳에 에베레스트 뷰라는 호텔이 있습니다. 카트만두에서 비행기로 이동해 샹보체 근처의 간이 비행장에 내려 호텔로 가야 합니다. 이 호텔은 에베레스트를 정면으로 볼 수 있는 경치가 참 아름다운 곳으로 해발 3880미터에 위치하고 있습니다. 세계에서 가장 높은 곳에 있는 호텔로 기네스북에 오르기도 했습니다.

그런데 장사가 안 된다고 합니다. 에베레스트를 보겠다고 경비행기를 타고 와 그 높은 곳에 내리는 순간 바로 고산병에 걸리기 때문입니다. 에베레스트를 가까이서 보는 가장 빠르고 쉬운 방법이긴 하지만, 산은 그런 방문자를 반기지 않나 봅니다. 일본인 주인은 객실에 산소탱크도 비치했다고 하지만 영 신통치 않습니다. 어쨌든 마음먹고 에베레스트를 찾는 사람들은 저 밑에서부터 걸어 올라갑니다.

1950년대 우리나라에 등산 인구가 많지 않을 때였습니다. 경북학생산악연맹이란 단체를 만들어 선배들에게 등반을 배우기 시작했습니다. 1957년에는 지리산으로 적설기 등반을 간 적이 있습니다. 등산에 대한 전문적 정보를 접하기 어려운 때라 우리는 나름대로 여러 책을 찾아보며 연구했습니다. 캠프를 이동시키며 오르는 극지법을 책에서 접하고 이를 처음 시도해보기로 했습니다.

지금에야 그렇게까지 할 필요가 있는가라고 생각할 수 있겠지만, 당시는 지금의 국립공원처럼 조성되지 않아 의지할 만한 시설이 전혀 없었습니다. 아이젠도 구할 수 없던 때라 모양을 직접 그려서 대장간을 찾아가 무쇠로 만들기도 했습니다. 하지만 바위에 부딪고 하면서 금세 부러지고 찌그러져 쓸모가 없게 되었습니다.

캠프를 치는 것도 여의치 않아 결국 무거운 배낭을 짊어지고 겨울산을 쉬지 않고 올라야 했습니다. 이래저래 연구한 것들이 소용없게 되자 오히려 극한의 산행이 되고 말았습니다.

그런 시절이다 보니 등반 후 대구매일신문사에서 좌담회를 열어주기까지 했습니다. 작고하신 최석채 편집국장이 사회를 보았는데, 나에게 이런 질문을 했습니다.

"적설기 지리산 등반에서 가장 소중하게 느낀 점이 무엇입니까?"

나는 이런 엉뚱한 대답을 했습니다.

"앞에 가는 친구의 등산화 뒤축밖에 보지 못했습니다."

정말 그랬습니다. 무거운 배낭을 짊어지고 눈을 헤치며 결국 정상까지 올랐던 고통스러운 기억을 그렇게 표현했습니다. 우리 속담에 천릿길도 한 걸음부터라는 말이 있습니다. 어디 천릿길뿐이겠습니까? 세상 대부분 일이 한 걸음씩 모여 마침내 끝에 이를 것입니다.

밑에서 올려다볼 때 아무리 거대한 산도 처음의 한 걸음으로 시작해 마지막 걸음에 정상에 도달합니다. 단지 걸음의 수가 많을 뿐이죠. 또한 오르는 경로도 많습니다. 능선을 타기도 하고 계곡을 타기도 합니다. 길을 따라 가기도 하고 없는 길을 개척해 오르기도 합니다. 어쨌든 그 모든 길은 정상에서 만납니다.

정상에 앉아 올라온 길을 보면 자신의 한 발짝 한 발짝이 이어져 결국 내 몸과 마음을 이곳에 있게 만들었습니다. 지나온 동안 작은 흔적마다 소중하지 않을 수 없습니다. 1982년부터 나는 이런저런 이유로 매년 네팔의 히말라야로 갔습니다. 대부분 의료봉사 때문이었습니다. 30년이 넘는 긴 세월이지만 결국 첫 걸음이 있었기에 가능했습니다.

젊을 때는 이 첫 걸음을 망설이지 않으면 좋겠습니다. 그리고 그 소중한 첫 걸음을 꾸준히 이어갈 지구력을 권해봅니다. 한 번에 너무 많은 것을 이루려면 지치고 맙니다. 첫 걸음을 떼고 한 걸음 한 걸음 지구력 있게 걷다 보면 나도 모르게 높은 곳에 와 있습니다.

가끔씩 사람들이 나에게 질문합니다. 그 오랜 세월 동안 어떻게 네팔에 계속 갈 수 있었는지. 내 대답은 한결같습니다.

"나도 잘 모르겠다. 한 해 한 해 가다 보니 그렇게 되었다."

나 아닌 누가
나를 온전히 용서할 수
있겠습니까?

/ 편지 Ⅱ

　　"용서하자. 그러나 잊지 말자."

　네덜란드의 수도 암스테르담에 있는 안네 프랑크 기념관을 간 적이 있습니다. 알다시피 안네는 독일의 유태인 수용소에서 목숨을 잃은 소녀입니다. 전시된 그의 일기에 적힌 메시지를 나는 한참이나 보았습니다.

　전 세계 독자를 울린 어린 소녀의 이 말을 이해하기란 결코 쉽지 않다는 생각이 들었습니다. 여간한 마음 수양을 한 사람이 아니고서는 정확히 이해하기 힘들 것 같았죠.

　그 많은 유태인이 독일의 히틀러에게 살해되었습니다. 유태인뿐 아니라 전쟁에 참가한 많은 인명이 목숨을 잃었습니다. 그런데 어찌 선뜻 용서라는 말을 할 수 있겠습니까? '용서'는 죄나 잘못을 꾸짖거나 벌하지 않는다는 뜻입니다. 잘못했는데 왜 꾸짖지 말자는 것일까요?

어릴 적에 부모님은 내가 무엇을 잘못하면 벌을 세웠습니다. 자주 벌을 서다 보니 차라리 매를 한 대 맞는 게 낫겠다는 생각도 들었습니다. 한참 벌을 서고 시간이 지나면 불러 "다시는 안 그러겠다"는 말을 듣기를 원하셨죠.

기억에 없지만 고모님의 말씀에 의하면 나는 절대 용서를 구하지 않았다고 합니다. 잘못했습니다, 안 그러겠습니다 같은 말을 하며 용서를 구해야 할 텐데 그러지 않았으니 부모님도 난감했을 것입니다. 결국 고모님들이 대신 사과하고 부모님은 그 사과를 내가 한 것처럼 치부해 용서의 수순으로 삼으셨습니다.

왜 나는 용서를 빌지 않았을까 궁금했는데, 나중에 고모님께서 말씀해주시길 어린 내가 이렇게 말했다고 합니다.

"앞으로도 똑같은 잘못을 할지 모르는데 어떻게 약속해요?"

내가 생각해도 참 맹랑합니다. 아마도 앞으로 절대 그러지 않겠다는 다짐은 못 했어도, 마음속으로는 용서를 구했을 것 같습니다. 부모님은 "앞으로 절대 그런 일이 없도록 하겠다"는 말을 듣고 싶으셨겠지만 내 마음에는 '절대'란 단어가 걸린 것 같습니다.

용서란 말은 참 희한합니다. 젊었을 때는 '용서'가 명백한 단어로 인식되었습니다. 내가 용서할 것과 타인에게 용서받을 일들이 너무나 명쾌하게 구분되었죠. 그런데 나이가 들수록 그 명백한 구분이 흐려지기 시작하더군요.

"남을 용서하라. 그러면 너희도 용서를 받을 것이다." 성경에 나오는 이 유명한 말씀이 다시 보이면서 내가 생각한 용서의 의미도 조금씩 달라졌던 때가 있습니다.

어느 날 부부싸움을 했습니다. 아내가 나에게 말하길 자신이 잘못한 것이 있으면 용서하고 마음을 풀라고 했습니다. 나는 아내의 잘못을 따지기보다 화를 내고 있는 나 자신을 용서하지 못하고 있다는 것을 느꼈습니다.

'누가 누구를 용서한다는 말인가?'라는 물음에 부딪치면서 나 나름의 용서를 곱씹어보게 되었습니다.

'내가 나를 용서하자. 화를 내는 나 자신이 실망스럽고 초라하더라도 내가 책임을 지고 나를 용서해주지 않는다면 누가 나를 용서하며 내가 누구를 용서하랴.'

네팔 친구 라즈반다리 씨와 카린쵸크라는 산에 간 적이 있습니다. 정상에 거의 다다르자 수백 개의 계단이 보였습니다. 끝없는 계단을 힘겹게 올라 정상에 이르니 힌두교 성지가 있었습니다. 우리는 그곳에서 명상하고 이제 내려가려 했습니다. 내려가는 반대쪽에도 수백 개의 계단이 있었습니다. 내가 계단을 내려가려는데 라즈반다리 씨가 갑자기 물었습니다.

"닥터 리, 지금까지 살면서 죄 지은 일이 있나요?"

나는 멈칫했습니다. 작정하고 죄를 짓거나 남을 해한 경우는 없는 것 같아 대답했습니다.

"없는데……."

영 개운하지가 않아 느닷없이 그런 질문을 하는 이유를 물었더니 라즈반다리 씨가 말했습니다.

"죄를 지은 사람은 이 계단을 내려갈 때 반드시 재앙을 겪는다고 합니다."

내려가는 내내 다리가 후들후들 떨렸습니다. 나도 모르게 지은 죄 때문에 큰일이 나려나 보다는 생각이 들어 온몸이 경직되었습니다. 친구에게 말했습니다.

"내가 아무래도 죄가 많은가 보네."

이 말을 들은 라즈반다리 씨가 껄껄 웃었습니다. 농담이었으니 안심하고 내려가라더군요.

스스로 온당하다 생각해도 내가 한 말과 행동이 타인을 향한 비수가 되고 죄가 될 수 있습니다. 비록 친구의 농담이었지만, 내 마음 깊은 곳에서는 결코 떳떳하지 못했다는 것을 안 계기였습니다.

나에게 생각 없이 잘못한 사람 또는 내가 은연중에 마음 아프게 한 사람이 누굴까 하고 생각했습니다. 그리고 자연스럽게 어떻게 용서하고 용서받아야 하는가 하는 생각으로 이어졌습니다.

어느 선현이 말하길 "용서하는 것이 좋다. 잊는 것은 더욱 좋다"고 했습니다. 좋다고 강조한 것을 보면 여간 어려운 일이 아닌가 봅니다. 안네 프랑크 기념관에서 본 "용서하자. 그러나 잊지 말자"에서 더 나아가 잊으라고까지 합니다.

정말 용서는 간단하지 않습니다. 용서의 대상은 상대뿐 아니라 나를 향하기도 합니다. 용서는 하되 용서한 일은 잊지 말아야겠지만, 경우에 따라서는 잊어야 하기도 합니다.

하지만 한 가지는 확실합니다. 나를 용서할 수 있어야 남을 용서할 수 있다는 것입니다. 나를 용서한다는 것은 봐준다는 뜻이 아닙니다. 스스로 참회하고 맹세하고 그런 자신을 믿는 것입니다.

나 자신이 너무나 실망스럽더라도 결국 나를 온전히 용서할 수 있는 사람은 나뿐입니다. 인생의 끝까지 나를 책임지고 끌고 갈 수 있는 사람도 단 한 명 나 자신이기 때문입니다.

잊지 못하는 기억이 있다면, 용서가 어려운 사람이 있다면, 그런

나 스스로를 용서하고 인정해줄 필요가 있습니다. 그래야 남도 온전히 용서할 수 있습니다. 후회가 따르는 용서는 용서가 아니기 때문입니다.

스스로에게
게으른 시간도
마련해주어야 합니다

/ 편지 12

　　부지런한 사람도 있고 게으른 사람도 있습니다. 사람마
다 몸에 배인 습관입니다. 그런데 부지런하고 게으르다는 기준은 무
엇일까요? 나보다 굼뜨면 게으르고 바지런하면 부지런한 것일까요?
결국 게으르거나 부지런한 것도 보는 사람에 따라 다르겠습니다.

　1980년대 초에 마칼루 등반을 위해 네팔을 찾았습니다. 내 눈에
네팔 사람들은 시간 개념이 없고 게으르고 굼떠 보였습니다. 네팔을
다녀온 사람 중에 비슷하게 느낀 이들이 꽤 있었습니다. 이후 매년
네팔을 찾으면서 잘못된 선입견임을 깨달았습니다. 그렇게 행동하지
않으면 안 될 네팔의 자연환경을 알게 되면서였습니다.

히말라야는 인간이 설정한 시간에 맞추기가 어려운 곳입니다. 아무리 서둘러도 자연이 허락하지 않으면 소용없게 되는 일들이 많습니다. 자연의 시간을 따르지 않고 인간의 시간을 따르다가는 아주 위험한 상황에 처할 수도 있습니다.

히말라야 같은 고도에서 빠름은 신체의 극심한 고통을 유발합니다. 그래서 겉으로는 시간을 잘 안 지키고 게으른 것처럼 보이지만, 이는 자연 특성에 맞춰 무리하지 않는 생활 방식으로 해석할 수 있습니다.

대신 그들은 꾸준합니다. 봄이 되면 계단식으로 개간한 논이나 밭에 등짐을 져 거름을 나릅니다. 한 번 왕복하는 데만 적어도 한 시간 남짓 걸릴 거리인데 여기저기 밭마다 거름 무더기가 수없이 많습니다. 하지만 외부인의 눈에 그들이 일하는 모습은 잘 띄지 않습니다.

고산 지대의 날씨는 낮과 밤이 믿기지 않을 만큼 다릅니다. 밤은 한겨울처럼 춥지만 낮은 한여름입니다. 한번은 네팔에서 아내와 사진을 찍으러 뙤약볕 아래서 돌아다닌 적이 있습니다. 한창 몰두해서 풍경을 찍고 있는데 저만치서 카메라 가방을 메고 있던 아내가 졸도했습니다. 급히 보리수나무 그늘 아래로 옮겼더니 얼마 있다가 깨어났습니다. 고산 지대의 강렬한 햇볕에 일사병 증상을 보인 것이죠. 그런 일을 겪으니, 나무 그늘 아래 앉아 먼 산만 바라보는 네팔 사람들의 모습이 달리 보였습니다.

부지런하고 게으르다는 것도 근본적으로 보면 적응 습관의 차이라 할 수 있겠습니다. 그러니 겉으로 보이는 모습만으로 평가할 일이 아닙니다. 건강한 적응 습관이란 부지런할 때 부지런하고 여유로울 때 여유로운 것입니다. 주어진 자연환경 또는 인위적 상황에서 나름의 원칙을 두고 완급을 적용해야 더 오래 더 많은 일들을 할 수 있습니다.

다른 이를 보는 시각을 그대로 돌려 나를 본 적이 있습니다. 내 안에도 게으름과 부지런함이 공존하는 것 같습니다. 나는 하고 싶은 일이나 소질과 능력이 있다고 믿는 행동에는 부지런합니다. 반대로 하기 싫은 일이나 능력이 모자라는 부분에서는 한정 없이 게으릅니다. 그래서 가족들의 지적을 많이 받습니다. 사소한 일상사라면 부지런한 것처럼 바꾸기도 하지만 근본적으로는 바뀌지 않는 것 같습니다.

물론 살다 보면 고쳐야 할 습관이 있기 마련입니다. 하지만 거기에 너무 골몰한다면 나다운 면에 소홀해질 수도 있습니다. 경우에 따라서는 잘 안 바뀌는 것을 가지고 시비하기보다 이미 갖고 있는 부지런한 부분을 격려해주는 것이 적응의 효과 면에서 더 나을 수 있습니다. 사실 부지런한 것과 게으른 것 모두 나름의 필요에 의해 학습된 것입니다.

때로는 부지런하게, 때로는 게으르게. 쓰러지지 않고 꾸준히 원하는 삶을 이어가기 위해 우리는 저마다 우선순위를 정할 필요가 있습니다. 이유가 있는 게으름은 곧 여유이기도 하니 너무 조급할 필요가 없겠습니다.

때로는
부지런하게
때로는
게으르게

여유

내가 한 말에
책임을 질 수 있어야
어른입니다

/ 편지 13

　　함석헌 선생님이 남긴 글 중에 기억에 남는 것이 있습니다. 한번은 출판사에서 당신의 글을 모아 책으로 내자는 제안을 받았습니다. 그 말을 듣고 함 선생님은 고민을 하셨습니다. 그러고는 전에 어떤 말을 했는지 잘 모르겠는데 책이 나와 지금 하는 소리와 다르다면 크게 부끄러울 것 같아 사양했다고 합니다.

　　그런데 좀 더 시간을 두고 생각하니 내가 지금 알지는 못하지만 그때 한 이야기도 내가 했고 지금 하는 말도 내가 한 것이라면 피할 길이 없다고 생각해, 내가 한 말을 내가 책임지기 위해 출판을 허가했다고 합니다.

내 생각을 말로 표현한 모든 결과는 내가 책임을 진다는 말씀. 원문을 그대로 옮기진 못했으나 그런 내용의 말씀으로 기억하고 있습니다. 저로서는 참 감명이 깊어 지금도 마음에 새기고 있는 글입니다.

사람의 생각은 고정되어 있지 않습니다. 변합니다. 변하는 것이 사리에 맞습니다. 어른이 되어서 아직도 어릴 때의 생각만 갖고 있다면 미숙한 것입니다.

생각에 대해 심리학이 말하는 바는 이렇습니다. 사람은 성장 초기에 비논리적 생각을 합니다. 차츰 성장하면서 논리적인 생각으로 진화합니다. 그리고 성숙한 경지에 이르면 논리를 뛰어넘는 비논리적 생각을 갖게 된다고 합니다.

어릴 때의 비논리적 생각과 성숙해진 후의 논리를 뛰어넘는 비논리는 같은 비논리이긴 해도 엄청나게 다릅니다. 추상적이며 초월적인 사고가 가능해진 결과라 할 수 있습니다.

말에 관해서라면 최고의 달인은 정치가라 할 수 있습니다. 말도 잘하지만 꾸며내기도 잘합니다. 같은 사실을 두고도 자신이 원하는 쪽으로 해석되도록 전하는 데 탁월한 능력을 보입니다. 구설수에 오르는 정치인의 말을 참을성 있게 들어보면 앞뒤가 맞지 않거나 빠져나갈 구석을 묘하게 만들어놓은 허언을 발견할 수 있습니다. 정치는 생물이라고 말하는 정치인도 있습니다. 말과 입장이 변한다는 것을 합리화하기 위해 또한 만든 말이 아닐까 합니다.

유태인 속담에 이런 것이 있습니다. "한 가지 거짓말은 거짓말이고, 두 가지 거짓말도 거짓말이나, 세 가지 거짓말은 정치인의 것이다."

그런데 이보다 더 심각하게도 거짓말이 자연스러운 일상인 경우도 있습니다. 이를 전문용어로 병적허언(病的虛言, Pathological Lying)이라 합니다. 흔히 사기꾼이나 협잡꾼, 반사회적 인격자의 언행을 설명하면서 붙이는 용어입니다.

보통 거짓말은 이차적 이득을 목적으로 삼습니다. 원하는 것을 얻기 위해 거짓말을 일삼는다는 뜻이죠. 그런데 병적허언은 얻을 것이 없거나 미미한데도 불구하고 지속적으로 또 강박적으로 거짓말을 반복하는 특성을 가지고 있습니다. 더 중요한 점은 자기가 한 거짓말이 거짓말이라고 인식을 못 한다는 것입니다.

어른이란 사회적으로 신뢰할 수 있는 사람을 일컫습니다. 즉 책임을 질 수 있는 사람인 것이죠. 그중에서도 가장 기본적인 것이 자신이 한 말에 대한 책임입니다.

꼭 작정하고 한 말이 아니더라도 은연중에 주고받는 소문이나 다른 이에 대한 평가 또한 모두 책임져야 하는 말입니다. 그러고 보면 거짓말하는 정치가만 나무랄 일이 아닙니다.

어찌 보면 함석헌 선생님의 염려는 어른으로서 너무나 당연한 염려였을 것입니다. 내가 했던 말이 비논리적인 말은 아니었을까, 나도 모르게 그릇된 정치인 같은 거짓말을 한 것이 아닐까, 아니면 스스로 거짓인 줄도 모르고 떠벌린 말이 아닐까. 이런 점들을 깊이 고민하고 성찰했던 흔적으로 생각됩니다.

생각이 바뀌면 말이 바뀌는 것은 정당한 이치입니다. 그러나 이득을 목적으로 하는 거짓말이나 허언은 책임을 생각하지 않는 말이므로, 어른이 할 말이 아닙니다.

"자연은 자기를 사랑하는 사람을 절대로 기만하지 않는다." 영국 속담입니다. 자연이라고 하면 여러 가지로 인식할 수 있겠으나, 나에게 자연은 산이란 단어와 겹칩니다. 오랜 기간 동안 산을 찾으면서 느낀 바로는 서양과 동양이 산을 보는 시각이 많이 다른 것 같습니다.

　서양은 알프스의 몽블랑에서 등산이 시작되었다고 할 수 있습니다. 그 시발점은 '상금'이었죠. 몽블랑을 오른 사람에게 상금을 주겠다고 하니 이때부터 산을 정복한다는 개념이 생겨났다고 합니다. 이제는 산을 두고 자연스레 '정상 정복'이란 말을 즐겨 쓰고, 그 자체가 스포츠로 인식되고 있습니다. 이에 반해 동양에서는 등산(登山)이란 말 자체가 없었습니다. 서양의 영향을 받아 생겨난 단어입니다.

동양에서는 유산(遊山)이란 용어를 많이 사용했습니다. 우리말로 하면 즐겨 거닌다는 의미 정도가 됩니다. '정복'에는 산과 싸워 이기 겠다는 뜻이 담겼지만 '유산'에는 산에서 노닌다는 뜻이 담겼습니다. 그렇게 노닐다가 신선이 되는 이야기도 등장하고요.

"자연은 모두 신의 영원한 장식이다"라는 괴테의 말만 보아도 자연 을 보는 서양의 시각 차이를 알 수 있습니다. 신이 자연을 창조했다 는 의미가 깔려 있는 것이죠. 이에 비해 동양은 자연이 신을 낳는다 는 개념을 가지고 있습니다.

자연이 신의 창조물이든 신을 품었든 인간은 이미 자연에 포함된 존재임에 틀림없습니다. 여가를 자연에서 보내려는 것 역시 그 자체 로 자연스러운 마음이라 볼 수 있겠습니다.

한동안 나는 등산이나 정복이란 외래 단어가 싫어서 기피했습니 다. 내가 쓰지 않는다고 없어질 이치는 아니지만 좋지는 않았습니다. 그래서 '등산' 대신에 '유산'이란 말을, '정복' 대신 '산에 안겼다'는 표 현을 나 혼자 즐겨 썼습니다.

인류 역사에서 산을 포함해 자연이란 환경을 통해 통찰한 선지자 들이 많습니다. 많은 수행자들이 자연(산)을 찾아 그 안에서 생각을 정리했다고 합니다. 내 짧은 산행 경험을 회상해보아도 자연에서 묻고 얻은 것들이 있는 것 같습니다.

6·25 사변이 난 후 온 천지가 암울했던 중고등학교 시절부터 산을 찾았습니다. 무슨 해답을 구하려고 한 일은 아니지만 이런저런 문학 책을 들고 산속을 찾았습니다. 책이 담고 있는 의미를 제대로 이해하지 못하면서 그냥 끼고 산으로 들어가면 묘하게도 마음이 안정되었습니다.

네팔의 히말라야를 찾는 나에게 지인들이 무엇이 그렇게 좋아 매년 가느냐고 묻습니다. 나는 애인이 있어서 간다고 말합니다. 영국 속 담처럼 자연은 내 사랑을 수용해주면서 절대로 기만하지 않습니다. 이보다 더 나은 애인이 있을까요?

자연 속으로 들어갈 때마다 많은 것을 느끼고 생각합니다. 또한 자연은 그것이 행동으로 이어지게 하는 깊은 가르침을 줍니다. 산속을 걷다 보면 마음의 눈이 밝아집니다. 내 눈이 어두워 보지 못했던 나의 마음이 고스란히 보이기 시작합니다. 내 귀가 어두워 듣지 못했던 마음속 말이 들립니다.

괴로운 일이 있어 마음이 혼란스럽다면 자연으로 들어가 보길 권합니다. 사람의 것들 안에서 보고 듣고 느끼다 보면 그 기준으로만 생각하게 됩니다. 그럴 때는 자연의 품에 안겨 편히 보고 들어야 합니다. 그러면 있는 그대로의 모습들이 보일 것입니다.

자연 속 한 생물이라는 내 존재를 느낄 때 비로소 온전히 보이는 것들이 있습니다. 요즘에는 이를 치유나 힐링이라 표현하기도 하는 것 같습니다.

자연에서는 변화된 감정을 느낄 수도 있지만, 시간의 흐름을 체험할 수도 있습니다. 계절이 바뀌고, 초목이 우거지고 다시 단풍이 지다가, 온 산이 하얗게 휩싸일 때, 자연과 함께 나 역시 변해가는 것을 느낄 수 있습니다. 아니, 자연의 일부로서 변해가고 있다고 느낄 것입니다.

자연은 인간이라는 생물이 느껴볼 수 있는 가장 거대한 시선을 선물합니다. 해변을 걸으면 하얀 포말의 파도가 동행해주고, 가쁜 숨으로 산을 오르는 동안 푸른 하늘이 나를 이끌고 발을 딛는 바위가 나를 밀어 올립니다. 사는 것에 별것이 있을까요? 나비가 꽃들 사이를 팔랑거리며 날아다니듯, 분주한 우리도 사실 그렇게 자연일 뿐입니다.

자연은 늘 우리 주변에 있는 친구이자 스승입니다. 정복할 대상일 필요도 없고, 올라야 할 목표도 아닙니다. 그 안에서 노닐면 됩니다.

우리도
그렇게
자연일
뿐입니다

하고 싶은 일을
하기 위해서는
하기 싫은 일도
해야 합니다

/ 편지 15

　　　2013년에 출간한 내 에세이집《나는 죽을 때까지 재미있게 살고 싶다》가 베스트셀러가 되어 많은 독자들과 대화를 나눌 수 있었습니다. "당신은 어떻게 그렇게도 재미있게 살았느냐?"란 질문이 독자들이 가장 많이 한 질문 같습니다.

　사실 지나고 나서 보니 그때가 재미있었다고 말할 수 있는 것이지, 나로서도 당시에는 힘들고 고통스러운 삶의 부분들이었습니다. 그래서 오히려 제목에 '재미있게 살고 싶다'는 말을 붙이기로 했던 것입니다. 재미있게 살고 싶다면 과정 자체를 재미로 바꿀 수 있어야 한다는 뜻이기도 하고요. 책을 통해 그런 말들을 하고 싶었던 것이죠.

사실 이 문제는 우리 가족들 안에서도 의견이 분분했던 문제였습니다. 치과의사인 큰며느리가 나에게 강하게 항변한 적이 있습니다.

"아버님은 어떻게 하고 싶은 일만 골라서 한다고 하세요? 저 역시 하기 싫어도 억지로 나가 일하는 경우가 있어요."

권태기여서 그랬을까. 늘 하고 있고 또 손에 익숙한 일이지만 때로는 하기 싫다, 그래도 나가서 참고 일해야 할 때가 있다는 항변인 것 같았습니다. 나는 이의 없이 동의해줬습니다. 왜냐하면 나 역시 과거에 며느리와 같은 마음으로 지낸 경우가 있었기 때문입니다.

사실 내가 그렇게 주장한 더 정확한 의미는 재미있는 일만 골라서 하라는 것이 아니고 닥치면 재미가 없더라도 재미있는 구석을 찾아 만들어가 보자는 것입니다. 기왕 할 일이라면 그런 마음을 갖자는 이야기인 것이죠. 그래서 나는 책에 이런 말을 썼습니다.

"누구나 즐겁고 재미있게 인생을 살고 싶어한다. 하지만 진짜로 인생을 즐기는 사람은 재미있는 일을 선택하는 사람이 아니라 아무리 어려운 상황에 처해 있어도 재미있게 해낼 것이라고 생각하는 사람이다."

내가 쓴 말이지만 사실 말처럼 쉽지가 않습니다. 그래도 우리는 그런 마음의 끈을 놓지 말아야 합니다. 나는 산을 좋아하는지라 자주 산에 오릅니다. 오르면서 가끔 이런 생각을 해보았습니다.

'누가 나에게 심부름으로 산꼭대기에 올라갔다 오라고 한다면 과연 즐겁게 다녀올 수 있을까?'

안 올라갈 것 같습니다. 산은 내가 좋아서 자발적으로 올라갔다 내려오는 곳입니다. 누가 시켜서가 아니라 내가 나 스스로에게 가자고 한 것입니다. 아무리 내가 좋아하는 일이라도 누가 시켜서 하게 된다면 거북해지기 마련입니다. 하물며 산을 싫어했다면 더더욱 견디기 어려울 것입니다.

심리학에서는 '긍정'을 다루며 행복이란 즐거운 삶, 적극적인 삶, 의미 있는 삶이라고 합니다. 스스로 좋아서 하는 일이라면 이 세 가지 어딘가에 부합할 것입니다. 반대로 싫은 일이라면 일단 즐거운 삶에 이르지 못할 것입니다. 그리고 적극적인 삶으로 이어지지 못할 것이고, 결국 의미 있는 삶을 이루기가 어렵겠죠.

그러나 아무리 하기 싫은 일이라도 그것이 즐거운 삶이나 적극적인 삶 그리고 의미 있는 삶을 구현해나가는 과정에서 마땅히 겪어야 할 일이라면 싫어도 해야 함이 마땅합니다. 싫고 좋고를 떠나 해야 할 일은 해야 할 일일 테니까요.

하지만 여기서 근원적으로 싫어하는 것과 과정에서 부딪치는 일과성의 싫음은 구분해야 합니다. 가령 귀찮다, 피곤하다, 골치 아프다, 두렵다, 성가시다와 같은 것이죠.

아무리 좋아하는 일이라고 해도 그 과정에서는 부수적으로 따라오는 즐겁지 않은 일들이 있습니다. 고진감래(苦盡甘來)라는 옛말이 있지 않습니까? 싫은 것을 감내하는 고통이 다하면 즐거움이 온다는 말이죠.

어두운 터널을 빠져나가면 결국 밝은 곳이 나온다는 확신을 가진 사람과 터널 속이 어두워서 무섭다고만 생각하는 사람 사이의 가장 큰 차이는 무엇일까요? 당연히 미래입니다.

하고 싶은 일의 바탕에는 그것을 이루고자 하는 열망이 있기 마련입니다. 하지만 그렇게 열망하는 일에 전념한다는 것은 '그것만 한다'는 뜻이 결코 아닙니다. 이루기 위해서라면 해야 할 다른 모든 것들까지 흔쾌히 해내는 태도가 열망입니다.

이를 받아들인다면 결과 이전에 모든 과정이 즐거워질 수 있습니다. 인내란 무조건 참는 것이 아닙니다. 내가 지금 무엇을 위해 참는지를 정확히 알아야 진정한 인내라고 할 수 있습니다. 그래서 어려운 순간에도 인내하는 자의 미소를 본다면, 더 이상 누구도 그를 말릴 수 없게 되나 봅니다.

/ 편지 16

오래전 경봉 스님이 살아 계실 때 정신과의사들과 상담 전문가들이 스님을 모시고 양산 통도사 극락암에서 세미나를 연 적이 있습니다. 주제가 '나'였습니다. 한 상담 전문가가 스님께 여쭸습니다.

"제가 뜻이 있어서 정치를 하고 싶습니다."

스님은 자네 이름이 뭣인가란 질문을 상담 전문가에게 되돌려 주었습니다.

"제 이름은 김 아무개입니다."

"아무개의 뜻이 무엇인가?"

순간적으로 당황했는지 상담 전문가는 스님의 질문에 말이 막혔습니다. 이름에 딱히 무슨 뜻이 있으랴 싶어서였죠.

"그건 우리 부모님께서 지어주신 것입니다."

뜻을 담고 지어주셨을 텐데 그냥 지어주신 것이라고만 대답을 했습니다. 그러자 스님은 당장 정치를 할 생각을 거두라고 말씀하셨습니다. 자네 같은 친구가 있어서 정치가 제대로 안 된다고 호통을 치셨습니다.

스님의 설명은 이러했습니다. 정치란 현실이다. 현실은 상황에 따라 윗돌로 아랫돌을 괴고 아랫돌로 윗돌을 채워야 할 일이 많은데 자기 이름 뜻도 모르고 정치를 꿈꾸다니, 당장에 생각을 버리라는 말씀이었습니다. 자기가 누구인 줄도 모르면서 타인을 돌보려느냐는 뜻이었습니다.

예를 들어 말하자면 내 이름은 근후(根厚)이며, 뿌리가 두텁다는 뜻입니다. 그런 두터운 뿌리를 내리고 정치를 한다면 가지나 잎이 무성할 것이다, 뭐 그런 정도의 대답을 스님이 원한 것 같습니다. '나'라는 주제를 통감시켜주신 꾸지람이었습니다.

한 내담자가 가족 문제를 상담하러 온 적이 있습니다. 남매를 두었고 경제적으로 성공하여 윤택한 집안이었습니다. 자녀들도 모두 좋은 학교에서 공부를 마쳤고 성가해 모두 분가했습니다. 분가의 원인이 아버지와의 불화 때문이며, 아버지의 고집 때문에 불화가 생겼다고 합니다. 최근에는 아버지의 화가 심각한 수준까지 이르렀다고 합니다.

지금까지 살아오면서 아버지는 가장으로서 제대로 역할을 한 적이 거의 없으며, 그 대신 집 안에 들어앉아 주부처럼 깔끔한 살림을 해왔다고 합니다. 그런 아버지가 "나는 나다"라는 말만 반복하자 가족들이 상담을 하러 온 것이었습니다.

"나는 나다"란 말을 간추려 보면 내가 나임에도 불구하고 가족 누구도 나를 인정해주지 않는다는 볼멘 항변일 것입니다. 그만한 사정이 있다고 이해를 해줄 수도 있지만, 가족의 일원으로서 갈등을 풀어가는 것이 아니라 '나'만을 주장한다는 면에서 이 아버지는 사춘기의 소년과 크게 다르지 않을 수 있습니다.

물론 자신의 인생을 선택할 자유가 있지만, 나머지 가족 구성원도 모두 그 아버지처럼 "나는 나다"라고 하면서 자신이 하고 싶은 역할만 하고, 상대가 원하는 것에는 관심을 끊는다면, 과연 그 아버지가 "나는 나다"를 지속해갈 수 있었을까요?

'나'라는 존재에 대한 문제는 이렇게 성인에게도 쉽지 않은데, 하물며 몸과 마음 모두 진짜 사춘기를 겪는 청소년들에게는 여간 어려운 일이 아닐 것입니다. 사춘기는 나라는 존재를 자각하면서 그 영향력을 행사하려는 과도기입니다. 아직 나와 타자를 구분하고 인식하고 나아가 존중하는 기술이 미숙한 상황에서 무리한 행동과 언사를 하게 되죠.

그래서 시쳇말로 '중2병'이라고 합니다. 중학교 2학년 즈음이 되면, 부모의 눈을 통해 보던 세상이 자기의 자의식을 통해 보이기 시작합니다. 달라진 세상만큼 괴리가 생기지만 '나는 나다'라는 마음이 생기니 신나기도 하고 그것이 멋져 보이기도 합니다. 이런 양태가 무리하게 나타나면 어른의 눈에는 다소 어색한 자기애로 보이니 중2병이라는 말이 생긴 것 같습니다.

요즘에는 그때 나이를 훌쩍 지난 어른이 비슷한 양태를 보여도 비꼬아서 중2병이라 하는 것 같습니다. 한마디로 자신의 자의식을 세상 속에서 객관화시키지 못하고 여전히 주관적인 태도를 유지하는 사람을 비꼬아 그렇게 부르는 것이라 할 수 있습니다.

각자의 성향과 처한 환경 그리고 나이를 떠나 사람들이 사춘기적 양상을 겪는 이유를 정확히 알기란 어렵습니다. 하지만 이것만은 더 분명해집니다.

'내가 나를 알기란 참 어려운 일이다.'

나는 누구의 자식이다, 나는 어느 학교를 다니는 학생이다, 나는 누구의 엄마다, 나는 이런 직업을 갖고 있는 사람이다, 이런 설명은 부분적으로 맞기는 하지만 '나'를 온전히 설명하기엔 턱없이 부족할 뿐입니다.

그래서인지 옛 선현들부터 시작하여 지금에 이르기까지 '나'에 대한 추구나 실현을 강조한 사례들이 아주 많습니다. 소크라테스가 했다는 '자기 자신을 알라'는 말부터 불가의 '이뭐꼬'에 이르기까지 그 숱한 지침에도 불구하고 정작 '나'는 오리무중입니다.

사람이 세상에 태어나서 최초로 내가 '나'임을 부르짖는 시기가 사춘기입니다. 어른들은 지금까지 고분고분 말 잘 듣던 아이가 갑자기 이유 없는 반항을 시작한다고 걱정하는 때입니다. 그런데 이유가 없는 게 아니라 그 이유를 어른들이 모를 따름입니다.

사춘기를 잘 극복하도록 어른이 도와야 합니다. 아이가 청년이 되어가면서 내가 나를 주장하기 시작할 때 어른들이 양해를 해야 합니다. 자녀가 나임을 주장한다면 그것은 장한 일입니다. 그 주장을 시초로 자신을 조금씩 알아가는 것이 인생이기도 하니까요.

젊은이라면 그 시절에 누구나 자신이 가는 인생의 방향을 두고 많은 고민을 할 수밖에 없습니다. 하지만 눈앞에 놓인 현상만 보고 거기에 나를 비춘다면 마치 거울로 가득 찬 방에 들어간 사람처럼 온통 내 모습만 보일 뿐 정작 길을 잃을 수 있습니다.

방향을 알기 위해서는 나침반이 필요합니다. 거울은 방향을 알려주지 않습니다. 미래가 아닌 현재의 나를 비추어줄 뿐입니다. 그런데 나침반은 밖이 아닌 내 안에 있습니다. 진짜 '나'를 알기 위해서는 머물지 말고 길을 따라 나아가야 합니다. 그리고 나 스스로 찾아야 합니다.

물론 남들에게 비치는 나도 나이긴 합니다. 하지만 편편일 뿐입니다. 성장을 통해 좀 더 자신을 깊이 있게 마주한다면 진정한 나를 통찰할 수 있게 됩니다. 나 자신이 어떤 사람인지 알 때 우리는 가고자 하는 방향을 제대로 알 수 있습니다. 그러니 불안해하지 말고 진정한 나를 탐색해보길 권합니다.

어쩌면 죽을 때까지 알 수 없는 존재가 '나'입니다. 하지만 나를 알아가는 과정이 내 인생의 길이기도 합니다. 아무도 가보지 않은 길. 하지만 나만 갈 수 있는 길. 그것이 각자의 인생이기 때문입니다. 길의 끝은 누구도 모릅니다. 하지만 길눈을 밝힐 필요는 있습니다.

자유로워봐야
자유를
찾을 수 있습니다

　"오, 자유여! 네 이름을 위해 얼마나 많은 사람들이 죄를 범하고 있는가!" 프랑스 시민혁명 때 단두대의 이슬로 사라진 여류 작가 롤랑 부인의 절규로 전해오고 있는 말입니다. 자유의 진정한 의미를 깊이 생각하게 만드는 절규입니다.

　단순하게 생각하면 자유란 남에게 구속받거나 무엇에 얽매이지 않고 자기 마음대로 행동하는 것입니다. 하지만 우리가 살면서 느끼는 자유란 그렇게 간단한 개념이 아닙니다. 상황과 여건 그리고 사람에 따라 자유는 여러 가지로 해석될 수 있습니다.

　나는 가끔 가족들에게 "살아오면서 내 마음대로 한 것이 아무것도 없다"라는 좀 과장된 표현을 하기도 합니다. 그러면 가족들은 일제히 반기를 듭니다. 일생 동안 자기 하고 싶은 대로 다 하고 살았으면서 그런 말을 한다고 핀잔입니다. 종로 한복판에 나가 물어보자면서 아우성입니다. 나는 웃고 맙니다. 종로 한복판에 나간들 내가 누구인지도 모를 텐데, 그런 나를 두고 일생 동안 자유롭게 살았는지 갇혀서 살았는지 누가 알겠습니까?

사람들은 두 가지 의미에서 자유로움을 생각합니다. 우선 외부의 간섭을 받지 않으면 자유롭다고 생각합니다. 하지만 이것이 가능할까요? 우선 길을 걸어봅시다. 교통법규라는 약속이 있어서 자기 마음대로 활보할 수 없습니다. 적어도 교통법규가 제한한 테두리는 지켜주어야 합니다. 그러니 완전히 자유롭지는 못합니다.

반대로 남이나 외부의 제약이 없는데도 자기 스스로 구속하는 경우가 있습니다. 내 경우에는 수영이 그렇습니다. 어릴 때 헤엄치는 법을 배우질 못했습니다. 부모님이 외아들인 내가 위험하다며 물가에 가는 것을 엄하게 금했기 때문입니다. 어리다 보니 부모가 금기하는 것을 내 힘으로 뚫고 행동하기가 쉽지 않았습니다. 나는 늘 말 잘 듣는 아들 노릇을 해왔습니다. 그러다 보니 부모가 설정한 금기가 어른이 되어서도 무의식 속에 남아 있게 되었습니다.

어른이 되면 자기 판단에 의해 결정할 수 있습니다. 스스로 생각하고 행동할 자유가 생깁니다. 당연히 부모나 또 다른 누구도 더 이상 나에게 물가에 가지 말라는 속박을 하지 않습니다. 내가 결정해서 가면 되는 것이죠. 즉 자유로운 상태가 된 것입니다. 그런데 나는 지금도 물가에 가지 않습니다. 헤엄은 꿈도 못 꿉니다. 이제는 나 스스로 정한 속박일 뿐이죠. 나는 물에 들어가는 대신에 산을 오릅니다. 그러니 산은 어른이 되어서도 부모의 속박에서 벗어나지 못한 내가 스스로 선택한 무의식의 대상이기도 합니다.

이렇게 구속하는 힘이 외부에서 오든 내부에서 오든 자유가 그리우면 우리는 거기서 탈출하는 방법밖에 없습니다. 자유란 제한되어 있든 주어져 있든 간에 자신이 스스로 그러쥐지 않으면 아무 소용이 없습니다. 그래서 자유는 어떠한 형태든 쟁취해야 하는 대상이 됩니다.

정신과의사로서 어머니와 함께 온 대학생 딸과 상담한 적이 있습니다. 어머니가 일방적으로 딸을 데리고 와서는, 딸이 예전에는 말을 잘 들었는데 지금은 그러지 않아 문제라 했습니다. 대학생이 된 딸은 연애도 안 하고 여전히 학교와 집만 오가는 생활을 하는데 딱히 이유를 모르겠답니다. 그런데 딸의 이야기를 들어보니, 엄마가 딸의 수업 시간을 다 꿰고 있고, 교문에서 기다리고 있어 도망칠 수 없다, 연애도 하고 싶지만 시간을 안 준다는 것입니다.

나는 어머니에게 말했습니다.

"당신의 딸에게 이제야 사춘기가 왔습니다. 딸은 지금 독립투쟁 중입니다. 그러니 기뻐하세요."

이 말을 들은 어머니가 딸에게 바로 말하더군요.

"이제부터 너는 너고 나는 나다. 그러니 딸아 미안하다. 등록금도 네가 벌어서 학교를 다녀라."

그렇게 자유를 얻은 딸의 표정은 어둡기만 했습니다.

길들여진 새는 새장 밖을 나가도 다시 돌아오는 습성을 가지고 있습니다. 막상 자유를 주면 두려움을 느낍니다. 오늘의 젊은이들은 이전 세대에 비해 그 활동 반경이 무척이나 넓습니다. 배낭을 메고 세계로 나가고, 인터넷을 통해 실시간으로 모두와 소통합니다.

하지만 자신이 처한 여건을 보는 틀 또한 넓어졌다고 할 수 있을까요? 진학, 학위, 스펙, 부모, 직장, 결혼이라는 여건을 통해 스스로의 인생을 예단하는 틀을 가지고 있지 있나요? 혹시 안정된 여건에서 안전한 자유만 추구하고 있지는 않은가요? 그렇다면 우리는 여건을 위해 사는 것일까요? 자유를 위해 사는 것일까요?

결국 안전한 자유는 새장 속에만 있습니다. 그렇게 새장 밖을 나간 새는 다시 새장 안으로 들어옵니다. 자유 대신 등록금을 잃을 수 있는 딸의 경우가 그렇습니다. 하지만 딸을 탓할 수만 없는 현실이라는 문제도 존재합니다. 자유와 속박은 이렇게 딜레마 속에서 충돌합니다.

어릴 때부터 우리는 부모를 통해 학습합니다. 이는 미래의 삶을 위한 적응 습관을 전수받는 것이라 할 수 있습니다. 그러자니 부모의 울타리라는 제한 속에 있어야 합니다. 학교에 가게 되면 사회생활에 필요한 더 폭넓은 제한에 적응하는 법을 배웁니다.

이렇게 사회에 속해 현실을 살아가는 우리 대부분은 자유를 찾는 방법 이전에 환경에 적응하여 살 방법을 배웁니다. 결국 우리 삶은 제한을 받는 쪽으로 다듬어져가는 것이죠.

이렇게 살아가는 이상 자유는 주어지지 않습니다. 하지만 사람은 결국 자유를 얻기 위해 살아가는 존재입니다. 그렇다면 어떻게 해야 할까요? 가장 좋은 방법은 결국 스스로 자유롭다고 느끼는 경험을 쌓아가는 것입니다. 자유 역시 경험해보지 않고서는 막연한 동경의 대상일 뿐이기 때문입니다. 자유와 속박은 언제나 함께 존재하며 역학관계를 이루기에 예단만으로는 자유를 얻기가 어렵습니다.

자유는 경험해봐야 그 가치를 알 수 있습니다. 가치를 모르고는 용기를 낼 수 없습니다. 용기가 없는 새는 새장 밖 세상을 알 수 없습니다. 자유를 얻고자 한다면 용기를 내 새로운 경험을 해봐야 합니다.

새장 밖으로 나가 날아본 새가 새장 속의 모이를 그리워할까요? 그것 역시 새장 밖에서 겪을 경험에 달렸습니다. 하지만 새장에만 있는 새는 영원히 알 수 없을 것입니다.

새장속의 새는
새장밖을
알수 없습니다

역할을 / 감내하며 / 오늘을 / 사는 / 그대에게

삶의 두 번째 계절 여름은 익힌 것을 바탕으로
자신의 삶을 뜨겁게 살며 개척하고 홀로 서는 적응의 시기입니다.
청년에서 장년으로 넘어가는 시기이고,
아직 젊기도 하고 이제 알 만큼 알기도 하며
맡은 책임과 역할도 늘어갑니다.
이들에게 띄우는 나의 편지를 여기에 담았습니다.

기회란
길모퉁이마다
숨어 있습니다

　　　　선배 교수님이 은퇴하시면서 일생 동안 간직하셨던 액자를 나에게 주었습니다.

　'욕래조(慾來鳥)하면 선수목(先樹木)하라'는 글이 아담한 액자 속에 예쁜 글씨로 적혀 있었습니다. 새가 날아오기를 바라거든 먼저 나무를 심으라는 뜻입니다. 즉 기회를 만들라는 충고였습니다.

　기회는 누구에게나 옵니다. 다만 찾아온 기회를 놓치지 않는 사람이 있고, 기회인 줄 모르고 흘려버리는 사람이 있을 뿐입니다. 또한 기회인 줄 알았다 해도 제대로 활용을 못 했다면 기회를 못 알아본 것이나 다를 바 없습니다.

나는 기회와 관련해서 연세대학교와 두 가지 경험과 인연을 갖고 있습니다. 첫 번째 경험은 대학교 입학시험 때입니다. 당시 연세대학교 의과대학은 고등학교 졸업 성적이 교내 상위 1퍼센트에 들면 무시험 합격과 함께 장학생으로 선발했습니다. 나는 그 범위에 속했습니다.

내 경제 형편에 안성맞춤이었고 절호의 기회였습니다. 그런데 정작 지원은 서울대학교 의과대학에 했습니다. 그때는 내 실력을 시험해보고 싶은 자만심 같은 것이 있었습니다. 결과는 낙방이었고 재수를 해야 했습니다.

당시에 나는 온전히 등록금을 내고 대학에 진학할 형편이 아니었습니다. 경제적으로 아주 어려웠던 집안 사정을 헤아리지 않고 좋은 기회를 스스로 버려서 무척이나 아쉬웠습니다. 물론 결과가 달랐다면 다르게 생각했을 수도 있겠지만, 기회를 기회로 보지 못하고 놓친 것만큼은 무척 아쉬웠습니다.

두 번째 인연은 군 복무를 마치고 선배 선생님들을 찾아뵐 때 찾아왔습니다. 그때만 해도 아직 한국에는 정신과의사 선배들의 수가 많지 않아 두루 인사를 다닐 수가 있었죠. 사실 그때 나는 제대 후에 원래 근무했던 국립정신병원으로 복직할지 따로 개원을 할지를 정하지 못한 상태였습니다. 그래서 선배들의 조언도 들을 겸 인사부터 다녔습니다.

　연세대학교 세브란스병원 정신과에도 찾아가 과장 선생님께 인사를 드렸습니다. 그런데 그것이 계기가 되어 3년 동안 전임 강사로 일하게 되었습니다. 이 시간은 내가 여러 가지 개인 사정으로 부실했던 공부를 열심히 할 수 있었던 또 다른 기회가 되었습니다. 그렇게 우연히 찾아온 기회는 내가 정신과의사로서 정년까지 일할 수 있었던 중요한 계기가 되었습니다.

　살아온 날들을 돌아보니, 이렇게 좋은 일로 이어진 기회도 있지만 흘려보낸 기회 역시 많았던 것 같습니다. 놓쳤다면 대부분 내가 몰라서 그랬을 테고, 잡았다면 내가 인지한 부분도 있겠지만 그 못지않게 주변의 도움도 알게 모르게 많았던 것 같습니다.

　한 여학생이 상담을 청해 온 적이 있습니다. 좋아하는 남자가 있는데 고백하기가 어렵다고 했습니다. 혹시 그가 내가 싫다고 거절할지도 모른다는 불안감 때문이랍니다. 나는 용기를 내어 말해보라고 권했습니다.

　말하지 않으면 100% 거절이나 다름없고, 말하면 50%의 거절과 50%의 수용이라 볼 수 있으니, 확률적으로 봐도 말하는 것이 좋다고 했습니다. 쉽게 말해 밑져야 본전이라는 뜻이죠.

　가보지 않아서 그렇지 일단 가보면 늘 예상하지 못한 일들이 그리고 기회가 생기는 법입니다. 그러니 두려움 때문에 시도조차 해 보지 않는다면, 그 자체가 가장 큰 손실이 되겠죠. 가보지 않은 곳에서 무엇이 나를 기다리고 있을지 우리는 모릅니다. 모르기 때문에 두려운 것입니다. 하지만 가보지 않는다면 영원히 모릅니다.

한 번뿐인 인생에서 가보지 않아 결국 모른다는 것만큼 큰 손실이 있을까요? 결국 기회는 두려움을 극복한 자에게 오는 선물이 아닐까 합니다.

인생이라는 길에서는 길모퉁이를 돌 때마다 무엇이 기다리고 있는지 모릅니다. 기회는 그렇게 새로운 길로 접어들 때 나타납니다. 더 많은 모퉁이를 돌아보는 사람, 즉 더 많은 시도를 하는 사람에게 더 많은 기회가 찾아옵니다. 관심의 끈을 놓지 않으면 기회를 발견할 확률 자체가 높아집니다. 그러니 늘 보이지 않는 곳에 호기심을 가져야 합니다.

하늘은 스스로 돕는 자를 돕는다고 합니다. 연세대와의 내 인연이 꼭 그랬습니다. 첫 번째는 내가 나를 돕지 않아 놓친 기회였습니다. 두 번째는 내가 나를 도와서 찾아온 기회였습니다.

현명한 자는 하나의 좋은 기회를 기다리지 않습니다. 스스로 더 많은 기회를 만들고자 합니다.

"때를 얻기는 어렵고 잃기는 쉽다."

사마천이 한 말입니다. 좋은 기회가 찾아오지 않는다고 생각한다면 스스로 좋은 기회를 만들 필요가 있습니다. 새가 날아오기를 바란다면 나무를 심어야 합니다.

야금야금 해야
더 오래 많이
할 수 있습니다

/ 편지 19

　　시험이라 하면, 관련해서 즐거웠던 기억이 거의 없습니다. 절차에 따라 실력을 평가하는 과정이니, 즐겁든 즐겁지 않든 꼭 겪어야 하는 것이 시험입니다. 그러다 보니 임박해서 벼락치기를 하는 경우가 많은 것 같습니다.

　　그래서 시험을 치고 나면 늘 이런 후회를 하곤 했습니다. '평소에 공부를 야금야금 해둘걸.' 그런 결심도 잠깐입니다. 다음 시험이 닥쳐오면 또다시 벼락치기를 하게 됩니다. 물론 온전히 성공할 리가 없습니다. 그런데도 늘 후회하고 또 벼락치기하는 반복된 습관은 내가 시험에서 자유로워질 때까지 이어졌던 것 같습니다.

하지만 모든 공부를 그렇게 하지는 않았습니다. 좋아하는 과목은 평소에 야금야금 넘치게 했습니다. 하지만 그렇지 않은 과목은 예외 없이 벼락치기가 되었습니다. 나는 의사가 되었지만, 사실 좋아한 과목은 국어, 옛글, 역사, 지리 등 주로 인문학 쪽이었습니다.

옛글과 관련해서는 향가와 고려가요에 심취했습니다. 중학생 때 양주동 교수의 《여요전주(麗謠箋注)》란 고려가요 연구서를 야금야금 탐독했는데, 피난 시절에 양주동 교수가 대구에 오셨을 때 나는 고등학생으로서 직접 강의를 듣기도 했습니다. 잊을 수 없는 기억이었고 옛글에 대한 관심이 더 깊어진 계기였습니다.

역사와 지리는 어린 마음에 장차 '신(新) 동국여지승람' 같은 저서를 쓰겠다는 꿈을 품었으니 늘 관심을 가지고 공부했던 과목들입니다.

싫어했던 과목은 수학, 물리, 화학 등 이공계 과목들이었죠. 지금 생각하면 그 기본 원리만 터득했으면 어려울 것도 없었을 듯한데, 원리 이해를 못했으니 벼락치기 공부를 할 수밖에 없었던 것 같습니다.

시험의 결과는 너무도 명백하고 정직했습니다. 인문계 과목은 상위에 속했고 이공계 과목은 하위를 맴돌았습니다. 야금야금 꾸준히 하면 당연히 결과는 좋았습니다. 하지만 닥쳐서 몰아 한 것들은 결과가 좋지 못했습니다.

비슷하게도 네팔과 관련된 나의 경험이 그렇습니다. 네팔을 방문한 지 올해로 32년째입니다. 하지만 매년 한두 번씩 방문했는데도 나는 네팔 말을 할 줄 모릅니다. 한 해에 열 문장만 익혔어도 320가지 말을 할 수 있었을 텐데요. 아직 기본적인 몇 가지 말만 할 줄 아니 아쉽기도 합니다.

네팔 말을 좀 더 자유롭게 구사할 수 있었다면 더 많은 네팔 문화를 이해했을 테고, 더 많은 친분을 가질 수 있었을 테죠.

사실 1982년, 네팔의 마칼루로 가면서 내 평생 이런 행운은 다시 오지 않을 거라 생각했습니다. 그 한 번의 기회도 감사한 마음이었죠. 그런데 마칼루 원정을 마치고 6개월을 더 머물렀습니다. 기회가 왔을 때 충분히 보고 돌아가겠다는 마음이었습니다. 그것이 시작이었습니다. 이상하게도 네팔에 갈 일이 연이어 생겨났습니다. 그래저래 보낸 세월이 32년이 된 것입니다.

우연이라고 하기에는 너무 오래된 이야기가 되었습니다. 네팔에서 많은 일들을 했지만, 아직도 아쉬운 부분이 많습니다. 그래서 야금야금, 이 단어가 정말 가슴에 와 닿습니다. 이제 와서 벼락치기를 한다고 지금 내 나이에 네팔 말을 유창하게 할 수도 없거니와 잘 입력되지도 않겠죠. 32년간 정말 야금야금 공부했었더라면 나는 더 행복했을 것입니다.

사람이 살면서 자신의 역할에 몰입한다는 것은 대단히 중요합니다. 하지만 한 가지 역할에만 모든 것을 바치며 살 수도 없습니다. 대부분의 사람에게 은퇴라는 시기가 다가오기 마련입니다. 이런 인생의 전환기를 대비하는 가장 좋은 방법이 나는 '야금야금'이라고 생각합니다.

한창 일할 나이에 이 '야금야금'은 하찮게 보일 수도 있습니다. 하지만 정작 은퇴의 시기나 중요한 전환점을 맞을 때 그 '야금야금'이 새로운 역할을 해낼 큰 자산이 되기도 합니다.

은퇴 후 창업을 하는 사람이 많다고 합니다. 가령 커피숍을 차리는 경우, 젊을 때부터 관심이 커서 커피에 대한 공부도 많이 하고 시간 날 때마다 좋은 카페를 찾아다녀 본 사람과 사업 방향 중 하나로 정하고 시작한 사람 사이에는 큰 차이가 존재할 것입니다.

당장 내일의 시험은 벼락치기가 통합니다. 하지만 10년, 20년 뒤 그려질 자아상은 벼락치기로 얻을 수 없습니다. 좋은 그림을 한 번에 완성하기는 어렵습니다. 틈틈이 생각날 때마다 스케치를 하다 보면 원하는 그림에 점점 다가갈 것이고, 본격적으로 시작할 때 더 즐겁게 거침없이 해나갈 수 있습니다.

야금야금 한다면 너무 동떨어진 일을 할 필요가 없습니다. 내가 속한 영역을 조금씩 넓혀가면 됩니다. 또한 혼자서만 너무 많은 것을 할 필요도 없습니다. 관심사가 맞는 사람들과 협업하는 방법 또한 영역을 야금야금 넓혀가는 좋은 방법입니다.

오래전에 프로이트 뮤지엄과 융 인스티튜트를 차례로 방문한 적이 있습니다. 알다시피 현대 정신분석의 토대를 마련한 두 거장입니다. 하지만 두 곳에는 큰 차이가 있었습니다.

프로이트는 혼자서 많은 것을 이루었습니다. 그런데 그 업적은 박물관에 박제된 형태로 전시되어 있었습니다. 하지만 융은 생전에 많은 이들과 협업하는 방식을 선호했습니다. 그와 함께했던 이들은 모두가 함께 공부하는 사람들이었습니다. 그 전통이 지금도 이어지고 있습니다.

그래서 프로이트 뮤지엄은 관광객을 맞이하는 곳이고, 융 인스티튜트는 연구자를 맞이하는 곳이 되었습니다. 둘이 이루었던 성과를 차치하고, 사후에도 이어지고 있다는 면에서 융의 협업은 대단하다고 생각합니다. 나는 융이 야금야금 협업자를 맞이하는 것에 뛰어난 사람이었다고 생각합니다.

당장 눈앞에 보이지 않아도 '야금야금'은 즐거운 실현을 약속해주는 가장 좋은 방법입니다. 꾸준함과 지속성을 이길 것은 없기 때문이죠. 우리가 보내는 시간에는 늘 빈틈이 존재합니다. 거기에 조금씩 무언가를 채워나간다면 결국 큰 변화가 옵니다.

그러고 보니 내가 네팔 말 배우는 데는 실패했지만, 한 가지 꾸준히 해온 것이 있긴 합니다. 갈 때마다 네팔 우표를 수집했습니다. 그곳의 문화가 고스란히 밴 것이 우표라고 생각해서 모으기 시작했습니다. 이제 양이 꽤 되어서 시간 날 때마다 목록화해 개인 블로그에 올리고 있습니다.

많은 사람들이 관심을 두지는 않겠지만, 어쨌든 나는 네팔 우표의 권위자가 되었습니다. 나보다 네팔 우표를 많이 모은 사람을 아직 못 보았으니 혼자 그렇게 자화자찬합니다. 처음부터 뚜렷한 목표를 가지고 했던 일은 아니었고, 조금씩 야금야금 하다 보니 그렇게 되었습니다.

그러니 '야금야금'은 근면과는 또 다른 이야기입니다. 즐겁지만 낭비가 줄어드는 인생의 기술일 수 있습니다. 또한 지치지 않고 오랫동안 많이 할 수 있는 좋은 방법이기도 합니다.

아끔아끔

원하는 것을
즐겁게
오래도록

모두가 가졌다고
꼭 나에게도
필요한 것은 아닙니다

/ 편지 20

　　대량생산이 익숙한 세상입니다. 국경을 넘나들며 팔
고 사는 것이 익숙한 세상이다 보니, 이왕이면 세계인을 상대로 많
이 팔고 많이 만드는 것이 중요해졌습니다. 물건이 귀하다는 것은
이제 옛말 같습니다. 오히려 물건을 선택해줄 사람이 귀해 보입니
다. 헌것을 아껴 쓰는 것도 좋지만, 새것을 사는 것 역시 미덕이라
합니다.

　어쨌든 많이 만들어놓은 것을 팔아야 하니, 광고나 홍보도 대대
적으로 해야 합니다. 그런데 어떤 경우에는 그게 마치 세뇌처럼 느
껴지기도 하죠. 티브이에서 자꾸 이렇게 말합니다. '이것은 당신에

게 꼭 필요한 물건입니다.' 필요 없다고 생각하는 사람에게는 이런 식의 말을 덧붙입니다. '너희가 게맛을 알아?' 왠지 자존심이 상합니다.

광고에서 본 그 물건을 이제 주위에서 많이 사서 씁니다. 자꾸 신경이 쓰이다가 선택이 아닌 필수라는 생각이 들기 시작합니다. 적어도 뒤처지는 기분은 느끼고 싶지 않아 구매합니다. 알 수 없는 존재감이 생깁니다.

그것은 물건의 소유자가 된, 같은 물건을 산 구성원이 된 존재감일 것입니다. 하지만 가장 확실하고 분명한 것은 소비자라는 존재감일 것입니다. 소비란 이렇게 학습되어간다고 생각합니다.

예전에는 책, 화장품 그리고 기타 생필품까지 많은 물건들을 '방문 판매'했습니다. 내가 교수로 지내던 시절에 외판원이 연구실로 찾아와 책을 팔고자 했습니다. 세계적으로 아주 유명한 백과사전이었습니다. 외판원이 여러 설명을 해주고는 나에게 한 질 사라고 했습니다.

좋아 보이기는 했지만 곰곰이 생각했습니다. '이런 책은 도서관에 있으면 족하다. 소장해서 나쁠 것은 없지만 전부를 탐독해야 할 책도 아니고 늘 곁에 끼고 있어야 할 책도 아니다.' 돈이 없어 못 사겠다고 했더니 은행 대출까지 권하더군요.

아무리 생각해도 빚까지 지면서 소장할 책이 아니라 계속 거절했습니다. 그런데 외판원의 마지막 한마디가 셌습니다.

"교수님, 이 전집을 갖지 않은 걸 부끄럽게 생각하세요."

순간 울컥했고 나는 이렇게 말했습니다.

"안 그래도 부끄럽게 생각하고 있는 중입니다."

물건을 파는 사람은 정신과의사의 마음까지 해부하나 하는 궁금증이 들던 차에 그가 말했습니다.

"이 정도까지 왔는데도 안 사시다니 참 대단하십니다. 이런 말까지 들으면 웬만한 교수님들은 사거든요."

무슨 소리인가 싶어 더 물었습니다.

"오히려 당신이 더 궁금합니다. 어떻게 날 여기까지 몰고 왔나요?"

나의 질문에 이제 편해졌는지 그가 책으로 꾸려진 매뉴얼을 보여주었습니다. 펼쳐본 나는 입이 쩍 벌어졌습니다. 상대의 반응에 따라 어떻게 설득해야 하는지를 보여주는 '순서도'가 있었습니다. 나는 그 맨 마지막 단계까지 갔던 것이라 외판원도 포기했던 것이었죠.

또 다른 비슷한 경우도 떠오릅니다. 자동차 판매원이 찾아온 적이 있는데, 은근히 자존심을 건드리며 최신 자동차로 바꾸라고 했습니다. 국내 1위 자동차 회사에서 나온 고급차를 권하며 이렇게 말하더군요.

"선생님의 품위에 맞는 차를 타셔야 합니다."

"나는 이미 당신 회사 차 중에서 가장 비싼 차를 타고 있습니다."

그가 의아한 표정을 지으면 말하더군요.

"아닙니다. 이 차가 가장 좋은 차이고 제일 비싼 차인데요. 잘못 알고 계신 것 같습니다. 어떤 차를 타고 다니십니까?"

나는 솔직하게 답했습니다.

"집이 작아서 차를 멀리 두고 다닙니다. 차가 여간 크지 않거든요. 그리고 엄청나게 비쌉니다. 사람들을 꽤 많이 태우고 지하로도 달립니다."

나는 자동차가 없습니다. 그래서 지하철을 타고 다니기도 합니다. 그 자동차 회사 그룹에서 지하철도 만든다는 사실이 기억나 한 말이었죠. 결국 판매원도 수긍할 수밖에 없었습니다.

사실 따져보면 우리가 산 물건 중 꼭 필요했던 것은 일부입니다. 대부분은 설득에 의해 소장하게 된 것입니다. 가격이 싸서, 덤으로 준다기에, 지금 아니면 못 산다고 해서, 좋다는 이야기를 들어서, 멋져 보여서, 탐이 나서 등등 이 모든 것이 사실 나를 향한 설득이지 않겠습니까?

꼭 필요한 물건만 사야 한다는 뜻은 아닙니다. 사실 꼭 필요한 것을 구별하기도 힘듭니다. 좋아 보이고 탐이 나서 살 수도 있습니다. 자기만족을 위해 필요한 일이죠.

하지만 다른 이가 가졌다고 나도 꼭 가질 필요 또한 없습니다. 소유의 기준은 필요와 효용입니다. 비교는 결코 소유의 진짜 이유가 되지 못합니다. 단지 비교할 수 있는 '상황'을 소유할 수 있을 뿐입니다. 비교우위에서 밀린다면 어차피 교체될 물건이기 때문입니다.

나는 지금까지 살아오면서 없는 물건이 세 가지 있습니다. 첫째는 손목시계입니다. 대학생 시절에는 돈이 없어서 갖지 못했습니다. 나중에 시계 살 돈이 생겼을 때는 필요가 없다고 느꼈습니다. 도처에 시계가 많았기 때문이죠. 실내에는 보통 벽시계가 걸려 있었고, 눈길이 가는 곳마다 시계가 있는 경우가 많았습니다. 사람들은 저마다 손목에 시계를 차고 다녔습니다. 하지만 나는 딱히 필요가 없어서 사지 않았습니다.

둘째는 자동차입니다. 1970년에 처음 운전면허를 딸 때 주행시험관이 나에게 물었습니다.

"운전 몇 년이나 하셨습니까?"

기초 연습만 하고 운전시험을 보러 온 초보자에게 뜬금없는 질문이었습니다.

"처음 해봅니다."

시험관은 나의 운전 솜씨가 처음이 아니라고 했습니다.

"만일 선생님 말씀대로 처음 하는 운전이라면 너무 저돌적입니다."

나는 이 말을 깊이 새겨들었습니다. 운전면허를 가졌지만 이후로 일생 동안 한 번도 핸들을 잡은 적이 없습니다. 그리고 자동차가 필요하지도 않았습니다.

나는 생각이 많은 편입니다. 운전 중에 생각에 몰입한다면, 또는 시험관의 말처럼 내가 저돌적인 운전을 한다면 교통사고를 내기 십상이라고 생각했습니다. 그래서 대중교통이나 택시를 택했습니다. 목적지까지 가면서 마음 놓고 생각에 몰입할 수 있으니 좋았습니다. 나름의 선택이었죠.

셋째는 휴대폰입니다. 나에게는 집 전화와 사무실 전화가 있습니다. 이 두 전화만 있으면 소통에 문제 될 것이 없습니다. 길에서도 필요하면 공중전화를 쓰면 되니 불편을 못 느꼈습니다. 그런데 이제는 불편을 느끼고 있습니다. 내가 나이가 드니 자녀들이 걱정을 하더군요. 집과 사무실을 벗어나면 행방을 알 수 없다고 합니다. 그 점은 나도 동의하기에 그들의 걱정을 덜어주기 위해서라도 가져야겠다는 생각을 하고 있습니다.

그런데 최근에는 휴대폰이 없으면 직접적으로 불편을 겪는 일들이 생기고 있습니다. 연락의 수단으로서 생긴 문제가 아닙니다. 퇴직을 하고서 앞으로 인터넷만 잘 이용해도 소통에는 별 문제가 없다고 생각했습니다. 그런데 인터넷이 문제였습니다.

더 자세히는 인터넷상에서 내가 나임을 증명해야 하는 인증이 문제였습니다. 대개의 경우 주민번호나 공인인증서를 통해 나를 증명할 수 있었습니다. 그런데 최근에는 개인의 휴대폰으로 자신을 증명하는 추세인 것 같습니다.

휴대폰이 있는 사람에게는 더 간편해졌겠지만 나처럼 없는 사람에게는 당황스러운 일입니다. 휴대폰 없이는 들어갈 수 없는 인터넷 공간이 갈수록 많아지고 있습니다. 불편하지 않아서 휴대폰을 갖지 않았는데, 이제는 없어서 불편해졌습니다.

휴대폰의 원래 기능이 아닌 소유 자체 때문에 불편이 생겼으니, 이런 세상이 올 줄 누가 알았겠습니까? 개인이 그 소유를 선택할 수 있는 물건으로 필수적인 인증을 하게 만들다니, 난센스라 생각했습니다. 아무튼 시대가 바뀌었으니 그것 또한 휴대폰의 새 기능이라 할 수 있겠죠.

이제는 여러 가지 필요에 떠밀려 휴대폰을 곧 장만할 것 같습니다. 같은 값이면 성능 좋은 스마트폰을 가질 생각을 하고 있습니다. 스마트폰에서는 인터넷도 잘된다고 하니까요.

내가 이렇게 사고 안 산 물건들에 대해 이야기한 것은 물건마다 나름대로 소유의 이유가 있었다는 말을 하고 싶어서입니다. 갖고 안 갖고는, 나만의 이유가 중요합니다. 남은 중요하지 않습니다. 그러니 모두가 가졌다고 꼭 나에게도 필요한 것은 아닙니다.

내 이름 자체가
명예로운 사람이
되어보세요

/ 편지 리

　　한 친지로부터 명함 한 장을 받았습니다. 명함 한가운
데에 이름을 큼지막하게 썼고 네 귀퉁이마다 글이 적혀 있었습니다.

　　옮기면 이렇습니다. RETIRED MOON. 한가운데 적힌 이름입니
다. 은퇴했으며 이름은 문씨로 성만 기억해달라는 함의입니다. 네
귀퉁이에는 NO BUSINESS, NO ADDRESS, NO PHONE, NO
MONEY라고 적혀 있습니다. 노란 바탕의 명함지에 찍혀 있으니
눈에도 잘 들어오더군요.

　　일도 집도 전화도 돈도 없으니 할 일 없는 처량한 사람으로 보
일지 모르지만, 내가 알기로는 누구보다 바쁘고 재미있게 사는 분

입니다. 단지 그렇게 살고 싶다는 소망을 담은 명함이라고 이해했습니다.

수련의 시절에 선배가 명함을 한 장 주었습니다. 의학박사 김 아무개. 갓 의학박사 학위를 받고 부지런히 알리고 싶어 나에게도 준 명함이었습니다. 한 달쯤 뒤에 그 선배를 다시 만났습니다. 그런데 그 의학박사 명함을 또 한 장 주는 것이었습니다.

전에 받았다고 사양했더니 그래도 또 받으랍니다. 명함 두 통을 만들고 지금까지 눈만 마주치면 누구에게나 주었는데 아직도 남았으니 또 받으랍니다. 많은 사람들과 기쁨을 함께 나누고 싶었던 것으로 이해했습니다.

명함을 받아 보면 크게 두 가지 모습으로 나뉘었던 것 같습니다. 자신의 이름과 연락처만 적은 단출한 명함이 있는가 하면, 전현 직책을 총망라해 적은 명함이 있습니다.

후자의 경우에는 자연히 뒷면까지 꽉 차 있습니다. 둘 다 일장일단이 있다고 봅니다.

전자는 내 소속과 직책 등을 말하지 않더라도 당연히 알 만하기 때문에 생략했을 것입니다. 그러나 그를 알지 못하는 사람에게는 정보가 모자라는 서운함도 있겠죠.

후자의 경우에는 전현직을 총망라해주니 정보 제공 차원에선 친절한 명함입니다. 반면에 자주 만나는 사람에게는 어떤 명함이든 상관없겠죠. 이미 그의 면면이 내 기억에 잘 입력되어 있고, 굳이 필요한 건 주소나 전화번호일 것입니다. 그러나 한두 번 만나는 소원한 사이라면 전현직이 많이 적힌 명함이 나을 것입니다. 그 내용을 통해 필요한 인연이 닿을 수도 있으니까요.

요즈음 같은 정보화사회에서는 더욱 그럴 것 같습니다. 하지만 언제나 지나치면 모자란 것만 못합니다. 과사용으로 보인다면 받아보는 쪽에서 거부감이 들 것입니다.

일제강점기 때 개인으로서 전투비행기 두 대를 조선총독부에 헌납한 사람이 있습니다. 문명기라는 사람으로 일본명 후미아키 기이치로입니다. 그의 명함에 얽힌 일화가 기가 막힙니다.

어느 날 그는 조선총독을 만나러 갔다가 문전박대를 당합니다. 당연히 그의 이름도 모르는 총독이 만나줄 리가 없죠. 수완 좋은 문명기는 큼지막한 금판에 文明琦라는 자기 이름 석 자만 적어 들여보내고 면담을 요청했습니다. 그랬더니 만남이 성사되었습니다. 그 자리에서 비행기 두 대를 헌납하고 총독의 비호 아래 많은 부를 이루었습니다. 금으로 만든 명함. 이름보다는 금이 그 사람을 대신해준 일화입니다.

금은 아니지만, 요즘에는 금보다 더 눈에 잘 띄게 디자인한 명함들이 참 많습니다. 오밀조밀하게 그 사람을 보여주는 정보가 친절하게 담긴 명함을 받으면, 나는 꼭 만난 날짜와 만난 이유를 적어둡니다. 이제는 돌아서면 금방 잊어버리는 기억을 보충하기 위해 그렇게 합니다. 나중에라도 적힌 이유를 보면 연상하기가 쉽습니다.

나는 총독도 아니고 비행기를 받을 이유도 없다 보니 금판 명함은 필요가 없습니다. 나와 만났던 사람이 누구였는지, 만난 이유가 무엇인지, 그리고 메모를 통해 연상이 된 그 사람의 인상이 늘 중요합니다.

어떤 사람은 늘 이름만 기억이 납니다. 소속이나 직책은 자꾸 잊어버립니다. 그리고 어떤 사람은 소속과 직책은 어렴풋이 기억나는데, 정작 얼굴도 이름도 기억이 나지 않습니다.

전자가 내 마음에 새겨진 이름이라면, 후자는 금판으로 기억된 이름인 것 같습니다. 나도 명함보다는 이름 자체가 기억나는 사람이 되면 좋겠습니다.

내가 싫은 것은
남에게도
싫은 것입니다

/ 편지 22

싫고 좋다는 것은 우리가 가진 정서입니다. '좋다'는
기쁘고 즐겁다는 뜻이고, 아름답거나 착하거나 훌륭하여 마음에
든다는 의미도 있습니다.

반대로 '싫다'는 것은 마음에 들지 않는다는 뜻입니다. 하고 싶지
않다는 뜻도 있습니다. 하고 싶지 않으니까 싫고, 싫으니까 하고 싶
지 않은 것입니다.

대학생 때 내 친구가 마음을 둔 여자로부터 거절의 뜻을 전해 받
았습니다. 친구가 하도 낙담하길래 고민하던 그를 위로 삼아 만났
습니다. 친구는 그 여자가 자기를 싫어하는 이유라도 알면 속이 시

원하겠다고 했습니다. 나는 만나서 물어보라고, 이렇게 고개를 숙이고 앉아 끙끙 앓을 일이 아니지 않느냐고 충고했습니다. 그랬더니 나더러 가서 알아봐 주면 좋겠답니다. 나는 싱거운 마음으로 그녀를 찾아갔습니다.

"왜 싫은가요?"

이런 나의 우문에 그녀가 단호하게 말했습니다.

"싫다는 것이 이유입니다."

그녀의 명쾌한 대답을 듣고 생각했습니다. '싫다는 그 자체가 정말 싫은 이유일진대, 키가 커서 싫다거나 키가 작아서 싫다거나 하는 그런 식의 대답은 구질구질한 이유가 될 뿐이겠다.' 이미 싫다는데 거기에 다시 이유를 덧붙이다 보면 오히려 정확한 정서가 흐려질 수 있겠다는 생각이 들었습니다.

내 친구는 그녀를 좋아했습니다. 하지만 그녀는 내 친구가 싫다고 했습니다. 그뿐입니다. 하지만 사람의 감정이란 그렇게 단순하지가 않습니다. 내가 좋다면 다른 사람도 좋아할 것이란 착각을 우리는 많이 합니다. 적어도 좋은 척이라도 해주길 바라죠.

남에게 충고할 때도 "나 같으면", "내 마음 같아서는"이란 말로 은연중에 내 생각이 너의 생각과 다르지 않을 것이라는 암시를 두기도 합니다. 사람은 기본적으로 나의 생각이 옳다는 기준을 두고 말을 하게 되어 있습니다.

하지만 '옳다'와 '좋다'는 다른 뜻이며, '틀리다'와 '싫다'도 다른 뜻입니다. '나는 김치가 싫어'라고 하는 말에 '네가 틀렸다'고 할 수 없습니다. 싫은 건 싫은 것일 뿐 거기에 맞고 틀리고가 있겠습니까?

하지만 사람들은 '좋고 싫음'을 '옳고 그름'의 틀로 평가하는 실수를 저지르는 경우가 많습니다. 왜 그럴까요? 여러 이유가 있겠지만 '다르다'는 사실에서 느끼는 낙담 때문일 수 있습니다. 나는 그것이 좋은데 너는 그것을 싫어한다면 서로의 느낌이나 감정이 다른 것입니다. 서로 틀린 것이 아니죠.

'다르다'는 표현을 써야 할 때 '틀리다'는 표현을 쓰는 경우가 많습니다. '얼굴색이 틀리다', '맛이 틀리다', '느낌이 틀리다'. 이 세상에 틀린 얼굴색, 맛, 느낌이 존재할까요?

결국 내가 속하거나 내가 정한 기준에서 벗어난 것은 다른 게 아니라 틀렸다는 무의식이 작용하나 봅니다. 이것이 굳어지면 자신의 생각뿐 아니라 느낌이나 감정까지 늘 옳다는 착각 속에 살면서, 이에 반하는 다른 사람의 느낌과 감정이 옳지 않다고 여기는 버릇이 생길 수 있습니다.

내가 병원에서 근무할 때 한 중학생이 입원을 한 적이 있습니다. 중학생 환자에게 내 경험을 들려주면서 각별한 충고를 했더니 그의 대답이 명쾌했습니다.

"선생님의 경험이 반드시 옳다고는 할 수 없잖아요."

맞는 말이었습니다. 내가 느낀 것을 강요할 수는 없습니다. 의사가 아닌 어른으로서 자신을 대하고 있으니, 아무리 중학생이라 해도 환자 입장에서 싫다고 느낄 수 있으니 그렇게 말할 수 있습니다. 하지만 나의 호의가 좌절되었다고 해서 중학생 환자가 틀렸다고는 할 수 없습니다. 내가 좋다고 환자를 불편하게 해서도 안 될 테고요.

그때부터 마음에 새겨두었습니다. '내가 좋아서 하는 일은 남들이 함께 좋아할 수도 있고 싫어할 수도 있다.' 취미라는 것이 그렇습니다. 함께 공감하는 사람끼리 모이면 더욱 즐겁습니다. 그들에게 그 취미는 최상의 가치일 수 있습니다. 그러나 관심이 없거나 생각이 다른 사람의 입장에서는 공감이 어렵습니다.

그런데 우리는 좋아하는 것보다 싫어하는 것에 더 조심해야 합니다. 내가 싫어하는 일을 남들도 싫어할 가능성이 훨씬 크기 때문입니다. 좋아하는 일보다 싫어하는 일에서 공감과 일치를 보이는 확률이 더 높습니다. 우리가 보편적으로 싫어하는 일들은 대개 궂은일들입니다. 가치가 낮은 허드렛일입니다. 고통이 수반되고, 마음에서 꺼려지는 일들입니다.

내가 좋아하는 것을 남도 좋아해주길 원한다면, 내가 싫어하는 것을 남에게 떠넘기거나 강요해서도 안 됩니다. 역지사지(易地思之), 서로의 처지를 바꾸어 생각할 수 있어야 하는 이유이기도 합니다.

살다 보면 이런 저런 이유로 내가 하기 싫은 일을 남에게 떠넘기고 사는 경우가 있습니다. 이기심은 남의 것까지 가지려는 것만 의미하지 않습니다. 내가 싫은 것을 남에게 떠넘기는 것 또한 이기심입니다.

틀리다?
다르다!

그런데
자녀가
몇 반인지는
아십니까?

/ 편지 23

'그런데 자녀가 몇 반인지는 아십니까?'

갑자기 이런 질문을 받는다면 나는 빵점입니다. 고백하건대 자녀를 넷이나 키우면서 친구 이름은커녕 몇 반인지도 모르고 키웠습니다.

'지금 몇 학년인지는 알겠는데 몇 반인지는 모른다.'

'친구인 줄은 알겠는데 이름은 모른다.'

아마도 많은 아버지들이 할 법한 말일 것입니다. 그래도 우리 딸이, 우리 아들이 몇 등 했다는 정도는 알 것입니다. 최고의 관심사일 테니까요.

하지만 다시 생각해볼 문제입니다. 자녀가 일 년 동안 담임선생님과 친구들과 함께 지내는 반도 모르면서, 다짜고짜 '너 몇 등이니?'라고 물어본다면 진정한 관심일까요?

'등수'라는 숫자 못지않게 '반'이라는 숫자 역시 자녀에게는 너무나 중요합니다. 그러니 최소한 반은 기억 못하더라도 '너희 반은 어떠니?' '담임선생님은 어떤 분이니?'라는 질문을 평소에 할 수 있어야겠습니다.

'자녀를 키우는 부모로서 자녀에게 얼마나 관심을 기울여야 건강한 관계일까?'

참 쉽지 않은 질문입니다. 교과서 같은 이론적 기준은 있지만 마냥 따라 한다고 해서 건강한 관계가 유지된다는 보장은 없습니다. 이론은 이론이니까 참고하는 데 유용할 것입니다.

그보다는 자녀마다 부모마다 가정마다의 개별성이 중요하다고 볼 수 있겠습니다. 어릴 때 기억을 되살려보면, 우리 부모님은 내가 몇 반인지 내 친구가 누구인지 그 집안이 어떤 집안인지를 모두 살살이 알고 계셨습니다. 그래서 관심이 나에게 과도하게 집중되었다고 느꼈습니다. 당연히 속박으로 느껴졌습니다.

내 친구는 형제가 아주 많았는데 내가 집에 놀러 가면 아버님이 반갑게 맞아주셨습니다. 그런데 내 이름은 모르셨습니다. 자녀들의 이름조차 헷갈리는 판에 아들의 친구 이름까지 기억하기는 힘드셨나 봅니다. 나는 그런 것이 부러웠습니다. 외동아들인 나는 한번 친구를 만나러 가려면, 우선 부모님께 누구를 만날 것이고 언제 돌아오겠다는 것을 소상히 말하고 허락받아야 했습니다.

속박이라고 느껴질 만큼의 관심은 고등학교 때 아버지가 돌아가시고 더 심해졌습니다. 내가 외동아들이고 또한 과부의 아들이란 말을 듣고 싶지 않았던 어머니의 강한 의지 때문이었습니다.

나는 이를 견디다 못해 대학교에 진학하고서야 늦은 사춘기를 맞았습니다. 당시에 겪은 4·19 혁명과 5·16 군사정변은 부모의 제약에서 벗어나고 싶었던 욕구와 사회적인 속박에서 자유롭고 싶었던 욕구가 맞물려 나를 찾는 전환기가 되어주었습니다.

정의감에 불타 학생운동에 가담했고, 주도적인 역할을 맡아 선봉에 섰습니다. 하지만 오랜 후에 정신과의사로서 반추를 해보니 그것이 전부는 아니었던 것 같습니다. 시대 상황이 내 탈출의 욕구를 자극한 부분도 있었습니다.

형제가 많았던 내 친구는 늘 나를 부러워했습니다. 자기는 부모님의 관심 밖에 있어서 늘 서운했다고 말하곤 했습니다. 나는 늘 지나침에 대한 속박을 느꼈고, 친구는 항상 부모의 관심이 부족하다고 느꼈던 셈이죠.

두 경우 모두 쌓이면 분노와 원망으로 남을 수 있습니다. 결과적으로 나는 속박을 벗어나려고, 친구는 그 속박 속으로 들어가려고 안간힘을 쏟으며 살았습니다. 성장기에 겪은 그런 경험 때문인지, 내 자녀를 키우면서는 내가 겪었던 속박을 주지 않으려고 의식적으로 노력했던 것 같습니다.

네 명의 자녀가 모두 같은 초등학교를 다닌 적이 있었습니다. 한 번은 큰아들이 선행상을 받아 와서 마냥 흐뭇했습니다. 상을 탄 연유는 이랬습니다. 비가 오던 날, 큰아들이 자기는 비를 맞으면서 동생들에게 우산을 씌워주면서 등교를 했답니다. 이 광경을 교장 선생님이 보았고 표창을 받은 것이었죠. 동생들을 잘 보살핀다는 이유였습니다.

지난 2월에 아들과 함께 네팔 여행을 2주간 하고 돌아왔습니다. 여행하는 동안에 나는 이 기억을 되살려 그때 아들이 자랑스러웠다고 말했더니 의외의 대답이 돌아왔습니다. 아들은 그 상을 받으면서 아주 부담스러웠답니다. 선행을 하려고 했던 것이 아니라 집에 우산이 하나밖에 없어서 그랬는데 상까지 주니 마음이 좋지 않았다고 합니다.

이어진 아들의 말을 듣고 나는 가슴이 아팠습니다.

"저는 제가 동생들을 보살펴야 하는 소년 가장 같다고 느꼈습니다."

아들은 필시 내 친구가 느꼈던 부족감을 느꼈을 것입니다. 부모 모두 늘 바쁘게 일하러 나간 후에 남은 동생들을 보살펴야 했던 의무를 생각하니 미안하기 그지없습니다.

그 말을 듣고 보니 큰아들이 초등학교 1학년 때 그렸던 그림이 생각났습니다. 담임선생님이 나를 불러 보여준 그림이었는데 기가 찼습니다. 그리고 미안했습니다. 그림 속에는 사각형의 이불 밑으로 발 두 개만 그려져 있었습니다. 선생님이 아버지를 그려보라 하니 나를 그렇게 그린 것이었습니다.

주중에는 늘 아침 일찍 나가서 늦게 들어오니 아빠를 볼 일이 없었고, 주말에는 피곤해서 늘 잠을 잤죠. 당연히 아들의 기억에는 이불을 뒤집어쓰고 발만 보이고 자는 아빠의 모습이 남았을 테죠.

내가 키웠다기보다는 잘 커줘서 고마울 따름입니다. 지나쳐도 탈이고 모자라도 탈인가 봅니다. 우리는 대부분 자신이 겪은 경험을 바탕으로 자녀를 키웁니다. 나에게 충분했던 것이 자녀에게 모자랄 수도 있고, 나에게 모자랐던 것이 자녀에게는 넘칠 수도 있습니다. 결국 부모의 경험이 자녀에게는 또 다른 구속의 원인이 될 수 있습니다.

그러니 관심이란, 무엇을 해주는가보다 무엇을 원하는가를 아는

것에서 시작된다고 할 수 있습니다. 일단 학교에 있는 아이를 찾아

가려면 등수가 아니라 몇 반인지를 알아야 합니다.

혹시 자녀의
삶 속에서
살고자
하지 않습니까?

/ 편지 24

　　우리나라 속담에 '불면 날까 쥐면 꺼질까'란 말이 있습니다. 어린 자녀가 너무 귀여워 애지중지한다는 뜻입니다. 하지만 '무자식 상팔자'란 말도 있습니다. 귀엽고 소중한 자녀지만 키우려면 보통 일이 아니다 보니 생긴 말일 것입니다.

　　'한 사람의 아버지는 열 명의 자식까지 기를 수 있으나, 열 명의 자식은 한 사람의 아버지도 보살피지 못한다.'

　　이 속담은 놀랍게도 가부장적 가족주의가 뿌리 깊은 이스라엘의 속담입니다. 이 말대로라면 결국 자녀란 어려서 보살펴야 할 때는 '확실한 걱정거리'지만, 성장하여 성년이 되어서는 '불확실한 위로'

밖에 될 수 없나 봅니다.

단정 지을 수는 없지만, 대체로 자녀를 대하는 부모를 크게 세가지 유형으로 나누어볼 수 있습니다. 먼저 부모 자신의 삶을 자녀의 삶 속에서 구하려는 부모가 있습니다. 내 삶과 자녀의 삶을 분리해 생각하지 않으며, 자녀가 잘되면 나도 잘되고 자녀가 잘못되면 나도 잘못된다고 여기는 유형입니다.

즉 자녀의 삶이 곧 내 삶이라고 생각하는 부모입니다. 우리나라의 전통적 부모상이기도 합니다. 자녀를 위해 헌신을 아끼지 않다 보니, 자신의 노후 역시 자연스레 자녀에게 모두 맡기는 경우가 있습니다. 의도하지는 않았겠지만, 결과적으로 자녀를 보살핀 대가를 성인이 된 자녀에게서 되돌려 받기를 원합니다.

두 번째 유형은, 외형상으로 부모와 자녀를 각각 독립적인 존재로 인식하지만, 조종의 끈을 놓지 않으려는 부모입니다. 자식이 삶의 방향을 결정할 때 부모의 생각대로 통제하려는 유형입니다. 독립성이라는 면에서 첫 번째 유형보다는 진척이 되었지만 개입하고 조종한다는 점에서는 다르지 않습니다.

세 번째는 자식을 나의 소유물이 아닌 독립된 인격체로 대하는 부모입니다. 정신적으로 가장 건강한 부모의 유형이라 할 수 있습니다. 하지만 자녀를 키워본 사람의 입장에서 볼 때 말처럼 쉽지 않다는 것을 압니다. 여러 가지로 현실의 문제 또한 많습니다.

　가끔 다른 나라에서 보기 힘든 가슴 아픈 뉴스를 볼 때가 있습니다. 부모가 어린 자녀와 함께 생을 마감했다는 가슴 먹먹한 소식을 접하면 여러 감정이 뒤섞입니다. 그렇게 어렵고 가혹한 환경에서 더 이상 자녀에게 고통을 주고 싶지 않았던 부모가 너무나 애처롭습니다. 하지만 부모에게 끌려가 세상을 떠난 자녀를 생각하면 그 부모에 대해 분노가 치밉니다.

　자녀가 자신의 분신이며 또한 자신의 소유라고 생각했기 때문에 고통과 슬픔까지 함께한 사건이라 할 수 있습니다. 나 없이 내 소유물인 어린 자녀가 어떻게 이 험악한 세상을 살아갈 것인가라는 복잡한 생각에서 행한 행동일 것입니다. 하지만 자녀는 부모의 생물학적 분신일 수는 있어도 소유물은 될 수 없습니다.

　자녀는 생물학적으로 나를 이어가는 생명체이지만, 한 인격체로서 독립된 새로운 삶을 살아가는 존재입니다. 그래서 부모의 의지에 따라 살아가는 자녀는 결국 서로에게 비극이 될 수 있습니다. 품 안의 자식은 결코 독립하지 못합니다. 결국 새로운 삶을 만들지 못하고 늙어가는 부모의 주위를 맴돌 뿐입니다.

　부모가 자녀의 삶 속에서 살지 않기 위해서는 자녀에 대한 소유의식을 조금씩 버려야 합니다. 하지만 자녀가 부모의 품을 바로 떠날 수 없듯이, 부모 역시 자녀와의 끈을 단번에 잘라내기는 힘듭니다. 그러니 단계적으로 행할 필요가 있습니다.

어느 때에 얼마나 거리를 두어야 할지가 고민이라면, 단계적으로 30%, 30%, 30%를, 그래서 모두 90%를 버리기를 권합니다.

먼저 자녀가 사춘기에 이르러 자기주장을 시작하면 최소 30% 수준까지는 그 주장을 존중해줍시다. 물론 많이 존중해줄수록 좋습니다. 하지만 사춘기의 자녀를 두었거나 겪어본 부모라면 따로 설명하지 않아도 쉽지 않음을 잘 알 것입니다. 그래서 최소 30%는 존중하라는 것입니다. 자녀의 의견이 맞고 그르고를 떠나, 최소한 생각 자체를 존중해준다면 자녀가 스스로 정체성을 찾는 데 큰 도움이 됩니다.

사춘기는 자녀가 최초로 자기주장을 하는 시기입니다. 또한 부모의 말을 듣는 자기와 자기 마음대로 하고자 하는 자기가 충돌하는 시기입니다. 그래서 마음의 성장통을 겪는 시기입니다. 설령 부모가 존중하고 수용해주지 않더라도 사춘기의 자녀들은 쟁취해갑니다. 이 과정에서 부모와 부딪치기도 합니다. 하지만 이는 사람으로서 성장하는 과정에서 꼭 겪어야 할 과정입니다. 사실 이때 자기라는 개념을 온전히 쟁취하지 못하면, 그 사람은 두고두고 늦둥이가 될 수 있습니다.

두 번째로는 고등학교를 졸업하고 대학에 진학하거나 직장에 진출하는 시기에 30%를 더 존중해줍시다. 이 시기는 명실상부하게 성년으로 접어드는, 어른의 첫 문턱에 서는 시기입니다. 이 첫걸음에 30%를 선물해줍시다.

아직은 불안한 마음을 가지고 있지만, 자녀는 나름대로 그동안의 학습과 경험을 통해 자신만의 독립적인 생활에 적응해가고자 합니다. 그런 모습이 애처롭고 불안해 보인다 해서 자녀의 결정과 시도를 존중하지 않는다면 자녀는 영원히 의존성을 벗지 못할 수 있습니다. 또는 독립은 하되 부모와의 관계가 상당히 오랫동안 긴장될 수 있습니다.

세 번째로, 예식장에서 한 가정을 이룰 시점에 마지막 선물로 30%를 넘겨줍시다.

이렇게 세 번에 걸쳐 모두 90%의 주체적 자율권을 줍시다. 그래도 부모로서 억울하다고 생각할 수 있습니다. 하지만 아직 10%의 끈이 남았습니다. 10%라는 가느다란 끈은 자녀를 조종하기에는 턱없이 부족하지만, 서로를 연결하기에는 충분합니다. 또한 여간 끈끈하지가 않습니다. 그것만으로도 행복한 관계를 유지할 수 있습니다.

부모는 절대로 자식을 조종해서는 안 됩니다. 자녀의 삶은 결코 나의 삶이 될 수 없기 때문입니다.

바빠도
여유로운 마음을
가질 수 있어야 합니다

/ 편지 25

　　　　"닥터 리, 무슨 소리가 안 들리세요?"

　"……."

　'무슨 소리가 들린단 말인가. 적막강산인데…….'

　네팔 친구 라즈반다리 씨와 2주 여정으로 카린쵸크라는 4000미터급 산에서 명상 트레킹을 하며 걷고 있을 때였습니다.

　"무슨 소리?" 하면서 갸우뚱해하는 내 표정을 보더니 그가 자기 곁에 와서 누워보라고 했습니다.

　누웠습니다. 가만히 있는 나에게 그가 말했습니다.

　"이 소리 안 들리세요?"

'엇, 이게 웬 소리인가?'

작은 풀벌레 소리하며 스쳐 지나가는 바람소리 그리고 내 숨소리까지 별별 소리들이 다 들렸습니다. 적막강산이 아니라 도처에 생명의 소리들이 넘쳐났습니다. 놀라웠습니다. 이제까지 느껴보지 못했던 묘한 느낌이었죠.

'히말라야라는 거대한 산맥 속에 내가 지금까지 들어보지 못한 소리가 있었단 말인가.'

마음이 평화로워집니다. 그렇게 한참 동안 누워 있었습니다. 지금껏 산꼭대기만 보고 가쁘게 올랐던 나 자신이 부끄러워진 순간이었습니다. 라즈반다리 씨는 굳이 긴 설명을 해주지 않았습니다. 내가 놀라워하는 모습에 흐뭇한 표정만 지었죠. 그것으로 그가 하고 싶은 말을 다 건넨 것 같았습니다.

그렇습니다. 한 템포만 여유로워도 이런 행복감을 맛볼 수 있습니다. 우리는 왜 그렇게도 바빴을까요?

"바쁘다 바빠." 이런 말을 입에 달고 사는 사람이 많습니다. 그런데 재미있게도 정작 이런 말을 하지 않을 상황이 되면 불안해합니다. 바쁜 생활이 습관이 되어버린 것이죠.

예전에는 아무리 바빠도 지금 같지는 않았던 것 같습니다. 언제부터 이렇게 정신없이 바빠졌을까요? 급격한 경제 성장을 이루면서 생긴 습관이 아닐까 합니다. 그 과정에서 농경사회 역시 산업사회로 바뀌어갔고, 산업화의 중요한 속성인 속도가 중시되었습니다.

한국을 방문했던 초기 서양 사람들은 우리를 보고 고요한 아침의 나라 백성이라고 했다죠. 하지만 고속 성장기에 방문한 서양 사람들의 평가는 사뭇 달랐습니다. 바쁘게 길을 걷는 군중, 활기찬 모습, 늦은 밤까지 불이 꺼지지 않는 사무실, 24시간 돌아가는 공장들, 쉬지 않는 근로자들. 이런 모습 때문에 고요하다기보다 역동적이라는 표현으로 바뀐 것 같습니다.

이제 우리는 예전의 가난을 벗고 경제적으로 일정 수준에 올라와 있습니다. 그러니 그 역동성으로 성장만 추구할 것이 아니라, 스스로의 내공을 쌓는 데 노력할 필요가 있습니다.

무엇이든 빨리빨리 하는 습관은 우리 사회의 전반적인 흐름이자 문화로 자리 잡았습니다. 그러나 자연의 이치상 '빨리'는 가능해도 '계속 빨리'는 불가능합니다. 100미터 달리기를 연속으로 할 수는 없습니다.

이제 그 누적된 피로가 드러나고 있습니다. 정신과의사로서 볼 때, 불안에 근거한 신경증을 앓는 개인이 늘고 있고, 사회는 집단적 편집증을 앓는 것처럼 보일 때가 있습니다. 그 유발 요인의 하나로서 고속성장의 후유증을 꼽을 수 있습니다.

바쁜 시간을 쪼개 산을 오르지만 등성이에 잠깐 앉아 쉬어 가는 여유조차 없는 사람을 봅니다. 그에게는 오로지 정상뿐입니다. 누군 가에게는 어디 산을 가보았다는 말이 정상을 정복했다는 말로 통합니다. 그 산에 가서 중턱에서 재미있게 놀다 올 수도 있는데요.

나는 인생도 마찬가지라고 생각합니다. 누구는 정상에 오르기 위해 살고, 누구는 이 세상에 즐거운 소풍 온 듯 살기도 합니다.

정상을 고집하는 인식은 개인의 속성과 성향의 차이 때문이기도 하겠지만, 상당 부분에서는 사회적 분위기가 가하는 압박으로 생긴 습관일 수 있습니다.

'빨리빨리'라는 습관이 우리 몸에 배어 사회적 습관으로 자리 잡고 있으니 여유로움이 비집고 들어갈 틈새가 없습니다. '송곳 박을 땅도 없다'는 속담처럼 여유가 없습니다.

일등이 아니면 살아남지 못한다, 마누라와 자식 빼고 모두 바꿔야 한다, 이런 독려 때문인지 진짜로 일등에 오르기도 했습니다.

그런데 우리는 행복한가요? 아니, 나는 행복한가요?

행복을 얻으려는 사람이 있고, 행복을 찾는 사람이 있습니다. 이제는 행복을 얻기보다 적극적으로 행복을 찾아나서야 할 시대가 된 것 같습니다.

히말라야를 열심히 오르는 사람은 행복을 얻으려 하고, 히말라

아에 조용히 누워 땅에 귀를 댄 사람은 행복을 찾는 중이라고 생각합니다.

너무 팽팽히 당겨진 활시위는 부러집니다. 한계를 넘어 균형이 깨지면 개인과 사회는 아프게 마련입니다. 어쩌면 우리는 불행한 것이 아니라, 행복을 모르고 살지도 모릅니다. 너무나 팽팽히 긴장돼 있고, 너무나 빨리 오르고 있기 때문에 숨이 찹니다. 그래서 행복을 알아보려면 여유가 있어야 합니다.

몸과 머리가 바쁘다 해도 마음까지 바쁠 필요는 없습니다. 쉽지 않은 일이지만 마음의 여유는 정신과 몸의 건강에 꼭 필요합니다. 명상이든 취미든 마음을 가라앉힐 수 있는 자기만의 평온한 시간을 가져야 할 이유입니다.

히말라야에서 친구의 말대로 걸음을 멈추고 누웠을 때, 나는 그동안 듣지 못했던 소리를 들었습니다. 그 순간이 정말로 행복했습니다. 그리고 일어나 다시 내딛는 다리에 절로 힘이 들어갔습니다.

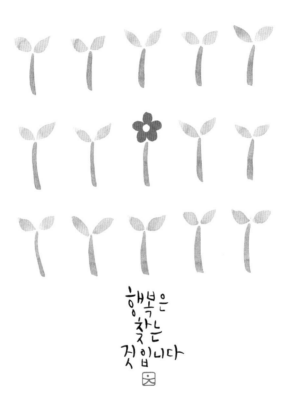

행복은
찾는
것입니다

배우자에게
화가 났다면
잘 표현해야 합니다

/ 편지 26

　　한 티브이 프로그램에서 시어머니와 며느리들이 모여 자유롭게 이야기를 하는 장면을 보았습니다. 부부에 대한 정의를 두고 편이 갈려 이야기를 하더군요. "부부란 알콩달콩한 것"이라는 젊은 며느리의 이야기에 중년의 탤런트는 "아니야, 나이 들면 그냥 친구로 살아"라고 했습니다.

　　여기에 나이가 지긋한 출연자가 못마땅한 표정으로 일갈했습니다.

　　"친구는 무슨 친구, 그냥 습관이 되어 사는 거야."

　　부부란 과연 어떤 관계일까요? 결혼한 한 쌍의 남녀. 남편과 아내. 하지만 단순하다면 단순하기만 한 부부란 두 글자 속에 담긴 이야기는 끝이 없습니다. 동서고금을 막론하고 화제가 아닌 적이 없었습니다. 부부로 맺어지기는 간단해도, 부부라는 관계를 유지하며 살기란 여간 복잡하지 않은가 봅니다.

부부 사이에서 가장 탈이 많이 나는 원인은 말입니다. 말은 내용을 전달하기 이전에 정서를 표현하는 구체적 수단입니다. 그래서 감정의 앙금은 대부분 말을 통해 생깁니다. '가는 말이 고와야 오는 말이 곱다'고 합니다. 하지만 고운 말이란 것이 쉽지 않습니다. 아무리 비단결처럼 부드러운 말이라도 듣는 사람이 듣기 좋아야 고운 말입니다.

또한 아무리 좋은 말이라도 시기가 맞아야 합니다. 때를 놓친 말은 영양가가 없을 뿐 아니라 때로는 화를 일으키는 기폭제가 됩니다. 그래서 배우자를 이해하는 것도 중요하지만, 그전에 자신의 감정과 화가 난 부분을 잘 전달하는 것이 우선입니다. 대부분의 갈등은 원만하지 못한 의사소통 때문이며, 수용하는 사람뿐 아니라 전달하는 사람 또한 표현에 신경을 써야 합니다.

내가 정신과의사였을 때 병원으로 어느 아버지가 중학생 아들을 데려온 적이 있습니다. 말을 하고 싶어도 할 수 없는 심각한 증상을 겪고 있어 입원을 시켰습니다. 한 달쯤 지났을 때였습니다. 환자의 아버지가 상기된 얼굴로 방문했습니다.

이야기를 들어보니 전날 한밤중에 아들이 병동 안에 있는 공중 전화로 전화를 걸어 다짜고짜 아버지에게 "개자식" 운운했다는 것입니다. 병을 고치기 위해 입원을 시켰는데, 갑자기 아들에게 그런 말을 들었으니 당황할 수밖에 없었겠지요. 나는 아버지에게 차분히 설명했습니다.

"기가 죽어 아무 말도 못 하는 아들, 기가 살아 아무 말이나 하는 아들, 할 말 안 할 말을 가려 하는 아들 중에서 어떤 아들을 원하십니까?"

"당연히 할 말 안 할 말 가려 하는 아들이죠."

어리둥절해하는 아버지에게 나는 설명했습니다.

"아드님의 병세가 많이 호전되었습니다. 아드님이 이제 기를 펴게 되었습니다. 심리적으로 억압되어 말을 잃게 된 상태에서 드디어 말로 표현을 할 수 있게 된 것입니다. 아버님 입장에서 듣기에 민망하고 황당하셨겠지만 그렇게라도 아버지를 불렀다는 것이 중요하니 그 정서를 헤아리셔야 합니다. 아버님이 원하시는 아들의 감정 표현으로 가는 중간 과정이라 보시면 됩니다. 아직 더 치료가 필요하지만 처음으로 입을 떼었다는 것이 중요합니다. 많이 호전된 것이죠. 그리고 아드님의 첫 말이 왜 아버지를 향한 욕설인지도 잘 생각해보셔야 합니다."

정신과의사로서 경험이 쌓일수록 주의를 기울이는 부분이 늘어갑니다. 그중 하나가 '환자의 뒤에 누가 있는가?'입니다. 더 정확히 말하면 이렇습니다. '누가 이렇게 만들었나?' 이는 나 혼자만의 생각이 아닙니다. 정신의학 교과서에도 이런 말이 있습니다.

'환자는 가족을 대표해서 앓는다.'

정신과 환자 중 꽤 많은 수가 가정환경과 가족 간 관계에서 병을 얻습니다. 표현이 극단적이지만 가해자는 가족 안에 있습니다. 결국 가정이 건강하지 못한 상태에서 가장 약한 사람이 마음의 병을 겪게 됩니다. 하지만 정작 환자를 데려온 가족은 자신은 정상이며 환자가 비정상이라 생각합니다. 그래서 경우에 따라 의사는 보호자인 가족 또한 관찰해야 합니다.

가족 관계 중 특히 부부 사이에서 이러한 마음의 병이 발생할 확률이 상대적으로 큽니다. 부자간의 경우를 예로 들었지만, 부부의 경우에는 더 극단적인 경우도 많으며, 가족 간 소통의 문제라는 면에서 다르지 않습니다. 위의 경우에서 아버지와 아들을 남편과 아내로 바꾸어 봐도 어색하지 않습니다.

서로가 쉽게 끊을 수 없는 관계에서 갈등이 계속 불거지면 분노가 쌓일 수 있습니다. 그리고 흐름을 바꿀 영향력이 적은 사람에게는 마음의 병이 생기기도 합니다.

잘 대해준다는 것은 언제나 내 관점보다 상대의 관점이 중요합니다. 아무리 당신을 위해 그리고 우리를 위해 하는 말이라고 주장해도, 듣는 사람의 마음에 닿지 않는다면 강요와 억압이 될 수밖에 없습니다.

상대를 잘 알고 있다고 확신하기 전에 이해하고 있는지 스스로에게 물어봐야 합니다. 또한 상대를 있는 그대로 받아들이고 있는지 나의 마음을 들여다보아야 합니다.

받아들이면 이해가 되고 이해가 되면 알게 됩니다. 언제나 문제는 반대의 경우로 갈 때 일어납니다.

부부간에 수용과 이해가 없는 상태에서 한쪽이 자신의 관점에서 상대를 파악한 것만으로 지적하고 표현한다면 더 깊은 심리적 갈등이 생깁니다. 결국 대화까지 단절될 수 있습니다.

그러니 배우자에게 화를 느낀다면 내가 상대를 얼마나 수용하고 있는지부터 살펴보아야 합니다. 그래야 배우자에게 화난 감정을 잘 표현할 수 있고, 이를 통해 서로를 수용하고 이해할 수 있습니다. 부부간의 화는 풀어야 할 문제 이전에 받아들일 문제입니다.

부부간
입장 정리가 되어야
고부간 문제도
풀립니다

/ 편지 27

　　고부간 갈등은 유독 우리나라에서 유별난 문제일까
요? 아무래도 다른 가족 구성원들 간의 관계보다 확실히 더 많이
부각되고는 합니다. 오죽하면 우리나라에는 '시집살이'란 말이 전해
내려올까요?

　시집가면 벙어리 3년, 눈먼 봉사 3년, 귀머거리 3년을 견뎌야 한
다는 옛날이 있었습니다. 얼마나 시집살이가 혹독했으면 보지도 듣
지도 말하지도 않아야 견딜 수 있다 했을까요?

　요즘에야 딸을 시집보내면서 이런 말하는 부모가 없겠지만, 말한
다고 들을 딸도 없을 것입니다.

그래도 고부간 갈등은 여전해 보입니다. 어쩌면 갈등의 소재가 더 확대된 게 아닌가 하는 생각이 들기도 합니다. 요즘에는 시댁을 '시월드'라고 표현하며 시어머니가 수장이라는 식의 표현까지 하더 군요.

그런데 먼저 이 '고부간'이라는 말부터 곰곰이 생각해볼 필요가 있습니다. 고부간. '시어머니와 며느리 사이'라는 뜻입니다. 맞습니다. 그 둘 사이에는 아내의 남편이자 시어머니의 아들인 남자가 한 명 있습니다.

전하는 말에 의하면 부엌에 가면 며느리 말이 옳고 안방에 가면 시어머니 말이 옳다고 합니다. 어머니와 며느리 사이에서 갈등이 생기고 분쟁이 생기는 중요한 원인으로서 이러한 아들의 우유부단한 행동이 한몫하기도 합니다. 물론 갈등이 불거지는 것을 막기 위해, 양측 모두의 의견에 수긍해주면서 서로의 감정이 수그러들기를 기다리는 노력일 수도 있습니다. 하지만 경우에 따라서는 스스로에게 솔직하게 물어볼 필요가 있습니다. '가정의 평화를 위해서 그랬나, 아니면 나의 평화를 위해서 그랬나?'

안방 말만 믿고 마누라를 구박하는 남편, 부엌 말만 믿고 어머니에게 역정 내는 아들. "어머니를 택하든지 나를 택하든지 둘 중 하나를 선택하라." 고부간 갈등에 견디다 못한 마누라들이 하는 말입니다.

그런데 요즘에는 이런 말도 옛말이 되어가는 것 같습니다. 신혼집을 구하는 양상을 보면 시집은 되도록 멀리, 친정은 되도록 가깝게 구하는 추세이다 보니 이제는 사위들의 처가살이도 만만치 않은가 봅니다.

정신분석학에는 널리 알려진 오이디푸스 콤플렉스란 가설이 있습니다. 5세 전후의 아들이 어머니의 사랑을 독차지하기 위해 경쟁자인 아버지를 미워한다는 이론입니다. 딸에게도 비슷한 감정이 있다고 합니다. 아버지의 사랑을 두고 어머니와 싸우려는 감정이죠.

고부 관계에 대해 말하고 있었으니 아들에 국한해보겠습니다. 아들은 5세 전후에 어머니를 향한 공상적인 사랑을 합니다. 하지만 이미 권력을 가진 아버지가 걸림돌이 되니, 이런 아버지를 상대로 경쟁합니다. 이기기 위해 아들은 아버지를 닮으려고 합니다. 하지만 닮는다 해서 이길 수는 없습니다. 그러니 적개심이 생깁니다. 이를 '살부지정'이라고 하니 죽이고 싶을 만큼 미운 감정이라고 합니다.

하지만 이는 비정상적인 것이 아닙니다. 정신분석학에서는 사람이라면 자연스럽게 겪는 원초적 과정이며, 성숙한 인격을 갖추기 위한 마음의 성장통이라고 봅니다. 보통은 사춘기를 지내면서 해소되고 그런 무의식적인 공상도 사라집니다.

나는 이를 원용해 고부 관계를 보았습니다. 아들은 어머니에 대한 사랑이 비현실적이란 사실을 알기 시작하면서 어머니를 닮은 여성을 구해 실속을 차리려 합니다. 그런데 결혼을 하고도 어머니에 대한 공상적 사랑이 계속 이어진다면 그는 마마보이가 됩니다.

마마보이의 가장 큰 특징은 우유부단한 성격입니다. 무의식적으로 공상적 사랑을 어머니와 나누고 싶지만, 현실적으로는 배우자와 의식적인 사랑의 관계를 유지하고 싶어 합니다. 양다리인 것이죠.

그러나 여성은 상황이 다릅니다. 유아기 때 공상 속에서 아버지를 두고 어머니와 치열한 사랑의 독점 경쟁을 벌였고, 이제 어른이 되어서는 실속을 찾아 결혼을 했습니다. 그런데 또 다른 강력한 경쟁자인 시어머니를 만난 것입니다. 아들과 시어머니 사이에 형성된 공상적 사랑의 끈이 강하다면 끊고 들어가기가 여의치 않습니다.

무의식적으로나 의식 수준에서나 여전히 공상적 사랑을 떨치지 못한 아들을 남편으로 맞았다면, 아버지와의 공상적 사랑을 겨우 청산하고 시집온 아내로선 역부족인 경우가 많습니다. 이렇게 무의식의 차원에서 보더라도 고부간의 문제는 쉽지 않습니다.

표면적으로 고부간 갈등은 남편이자 아들인 사람의 이중적인 태도가 원인이기도 하지만, 더 깊이 심리적으로 들어가면 청산되지 못한 남편의 유아적 심리 때문이기도 합니다. 따라서 어머니와 부인 사이에서 벌이는 양다리 사랑 곡예를 청산하자면 먼저 부부의 입장이 확고히 정리되어야 합니다. 부부의 중심은 당연히 남편과 아내이니까요.

결혼을 했다고 모두 독립한 것이 아닙니다. 심리적으로도 독립을 해야 합니다. 고부간의 갈등에서는 누구보다 남편의 역할이 중요합니다. 같은 일을 두고 아내 앞에서는 어머니 흉을 함께 보고, 어머니 앞에서는 아내가 모자라다고 하는 것은 최악입니다. 그것은 가정의 평화를 위한 것이 아니라 나의 평화를 위한 것입니다.

그렇다고 아내와 연대해서 어머니를 제압하라는 뜻이 결코 아닙니다. 먼저 부부의 입장이 확고히 정리되어 한목소리로 부모님에게 명확히 말씀드릴 필요가 있습니다. 또한 부모의 바람을 부부가 함께 상의할 수 있어야 합니다. 너무나 당연하지만 결코 쉽지 않은 일입니다. 그렇다고 이쪽도 맞고 저쪽도 맞다는 식으로 하면 해결되는 것이 없습니다.

아무리 골치 아프고 힘든 문제라도 책임지고 맞서서 해결하는 사람이 어른입니다. 부부란 결혼한 '성인' 남녀입니다. 고부간의 문제는 결국 당사자들의 성장과 관련된 문제일 수 있습니다. 가정에서 고부간 문제를 겪고 있다면, 무엇보다 먼저 성숙한 부부가 되는 데 집중할 필요가 있습니다.

부모의 이야기를
들어주는 것이
최고의 효도입니다

귀가 두 개인 이유는 하나로는 듣기에 부족하기 때문이고, 입이 하나인 이유는 둘이면 너무 시끄럽기 때문이라고 합니다. 그만큼 말하기는 쉬워도 듣기는 힘든가 봅니다.

"써얼렁……." 내가 가족들과 함께 신나게 말하고 있을 때 손주가 이런 소리를 할 때가 있습니다. 내가 하는 말이 분위기를 썰렁하게 만든다는 표현입니다. 왜 썰렁할까요? 첫째는 주제가 적절하지 않아서 그랬을 테고, 둘째로는 했던 말을 자꾸 반복할 때 그런 반응을 보였던 것 같습니다.

내 나이가 많아서 그런지 때때로 대화의 주제를 벗어나는 경우가 있습니다. 설령 주제에 맞는 이야기를 하고 있다 해도 전에 했던 말이라는 걸 잊고 다시 반복하는 경우가 더러 있습니다. 또한 나는 어쩌다 그랬다고 생각하지만 듣는 사람은 그보다 자주 했던 말이라 여길 수도 있습니다. 나이가 들면 어쩔 수 없는 부분입니다.

이럴 때 누군가는 썰렁하다 하기도 하고, 전에 했던 말이라 하기도 합니다. 아마도 그냥 참고 들어줄 때도 많겠지만, 그때는 내가 했던 이야기를 또 했다고 인지하지 못하겠죠. 그렇다 해도 말하거나 표현하고 있는 걸 제지받으면, 나도 마음속으로는 그냥 들어봐 주면 안 되나 하는 서운함이 들기도 합니다.

바꾸어 생각하면 나도 젊었을 때 그런 표현을 했던 것 같습니다. 그때의 나도 노인들은 왜 했던 말을 하고 또 할까, 갑자기 딴 이야기를 왜 할까 하며 짜증부터 났습니다. 물론 지금은 이해를 합니다. 여든의 나이가 된 나 역시 그러니까요. 하지만 이런 일이 마음에 사무칠 때도 있습니다.

고모님이 치매에 걸려 사촌형님으로부터 연락을 받았습니다. 한번 집으로 들르랍니다. 시간을 내어 고향으로 내려갔습니다. 고모님은 나를 알아보고 반가워했습니다.

"엄마 잘 계시나?"

어머니가 돌아가신 지 한참이나 지났는데 고모님은 어머니의 안부를 묻고 있었습니다.

"네 잘 계세요. 안 그래도 엄마가 고모 보고 싶어하던데……."

나는 고모님의 질문에 맞추어 대답했습니다. 치매가 온 분께 어머니가 이미 한참 전에 돌아가셨다는 설명은 불필요했습니다. 얼마 지나지 않아 또 물으십니다.

"엄마 잘 계시냐?"

나는 또 대답을 합니다.

"네, 엄마 잘 계세요"

'안 그래도 엄마가 고모 보고 싶어하던데……'란 말은 생략했습니다. 또 물으십니다.

"엄마 잘 계시냐"

나는 또 대답을 합니다.

"네."

이번에는 그 뒤의 말을 모두 생략합니다.

또 물으십니다.

"엄마 잘 계시냐?"

나는 대답 대신 미소만 지어 보였습니다.

두 시간 남짓 있는 동안 똑같은 질문을 수도 없이 들었습니다. 나

중에는 미소도 없이 그냥 눈짓만 보냈습니다. 그렇게 눈만 마주쳐도 고모님은 즐거워하면서 얼마간 잠잠했습니다.

사촌형님은 "잠시 있는 네가 듣기에도 괴로운 일인데 하루 종일 들어야 하는 나는 미치겠다"고 하십니다. 나는 내담자의 이야기를 잘 듣도록 훈련받은 정신과의사입니다. 그래서 환자의 이야기는 인내를 갖고 듣는 데 익숙합니다. 하지만 가족의 이야기라면 나도 사촌형만큼 할 자신이 없습니다.

왜 그럴까요? 가족이기 때문에 그렇습니다. 자녀가 보던 부모는 늘 믿음직하고 나에게 그늘을 제공해주던 분인데, 그분이 나이가 들어 이제는 말하는 것 행동하는 것 모두가 만족스럽지 못하게 됩니다. 안쓰러운 마음과 실망감이 교차하면서 복잡한 감정이 생깁니다.

나이 든 부모는 더 이상 자식이 성장하면서 보아오던 부모가 아닙니다. 그런 부모가 안쓰럽기도 하고, 가는 세월에 속절없을 수밖에 없는 모습에 화가 나기도 합니다. 때로는 짜증으로 이어지기도 하죠. 사람이라 어쩔 수 없습니다. 마음 깊은 곳에 적어도 내 부모는 절대 그래선 안 된다는 회피 심리가 있기 때문입니다.

나이가 들어갈수록 자신이 살아온 이야기와 지금의 생각을 반복해서 말하는 경우가 많아집니다. 이런 이야기는 아무래도 자식에게 많이 하게 됩니다. 자식은 그 이야기가 지겹습니다. 어떤 이야기는 동의가 안 되어서 더 짜증이 납니다.

그런데 왜 나이 드신 부모는 자신의 이야기를 되풀이해 자식에게 할까요? 다른 누구도 아닌 자신의 분신에게, 부모 자신의 삶을 인정받고 싶은 욕구 때문입니다. 알아달라는 뜻입니다.

내용을 떠나 한 사람의 인생을 그저 긍정해준다면, 그것이 최고의 효도일 수 있습니다. 자식만이 해줄 수 있는 가장 큰 선물이기도 합니다.

세상에 있을 날이 많지 않은 사람에게 좋은 옷과 맛있는 음식이 그리 중요할까요? 하나의 존재로서 내가 하는 말을 또 다른 존재가 들어주고 인정해준다면 그것이 최고의 행복일 것입니다. 말의 내용이 중요하겠습니까? 쉽지 않아도 한 번이라도 더 이야기를 들어주면 됩니다. 때로는 말하는 것 자체, 들어주는 것 자체가 중요할 때도 있습니다.

당신이 아기일 때 했던 옹알이에 뜻이 있었을까요? 부모님이 그 뜻을 다 알고 들어주었을까요? 이제는 연로한 부모가 당신에게 옹알이를 합니다. 어찌해야 할까요?

결국 그마저도 계속 들어드릴 수 없는 날이 옵니다.

효도

들어주고
인정해
주는 것

3부

다시 / 온전한 / 나를 / 찾고자 / 하는 / 그대에게

가장 뜨거웠던 시기를 보내고

삶의 세 번째 계절 가을을 맞은 당신은

이제 조금씩 차분하게 식어가는 자신을 느끼게 됩니다.

그래도 마음에는 아직 온기가 남아 있습니다.

보지 못했던 것들이 보이기 시작하며 삶을 반성하고 참회하게 됩니다.

그리고 더 온전한 나로서 살아가려 합니다.

그렇게 장년에서 노년으로 넘어가는 당신에게

띄우는 편지를 여기에 담았습니다.

들어줄수록
더 많은 사람이
찾아옵니다

/ 편지 29

　　　　사람이 사람을 찾는 데는 그만한 이유가 있습니다.
보고 싶어서, 의논할 일이 있어서, 심심해서, 사무적인 일로, 아쉬
운 일을 부탁하려고, 궁금해서, 근처에 온 김에, 자랑하려고, 심지
어 이유 없이 그냥 찾아가도 그 자체로 이유가 될 것입니다. 이유
를 들자면 끝이 없죠.

　나는 수련의 시절에 마음먹고 친구를 찾아간 적이 있습니다.
스스로도 참 내키지 않는 이유라서 어려운 발걸음이었습니다. 그
시절에는 수련의에게 따로 봉급이 없었습니다. 이래저래 경제적인
어려움이 많았답니다.

그런데 군사정권 시절이라 강제된 것이 많았고, 그중 하나가 의사회비였습니다. 회비를 내지 않으면 아예 의료 행위를 할 수 없던 때였습니다. 안 그래도 돈이 없던 나는 빚이라도 내야 할 형편이었습니다. 액수가 꽤 되었거든요.

결국 친구를 찾아갈 수밖에 없었죠. 직장에서 바쁘게 일하는 친구를 불러내 점심을 함께하고 나서도 돈 빌리러 왔다는 말을 차마 하지 못하고 있었습니다.

친구가 헤어지면서 나에게 물었습니다.

"너도 바쁠 텐데, 긴요하게 할 말 있어서 찾아온 거 아닌가?"

그 말이 참 반가웠습니다. 자초지종을 이야기했더니 친구가 경리과에 가서 가불을 해 나에게 주었습니다. 지금도 고마운 마음이 그대로 남아 있습니다. 돈을 빌려 줘서 고맙기도 했지만, 내가 입을 떼게 해준 배려가 참 고마웠습니다.

살다 보면 여러 이유로 내가 누구를 찾아가는 경우가 많습니다. 또한 사람들이 나를 찾아오는 경우도 많습니다. 내가 남을 찾아갈 때는 입이 필요하지만, 사람들이 나를 찾아올 때는 귀가 필요하다고 느꼈습니다.

찾아가는 입장이라면 찾아간 이유를 상대방에게 설명해야 하니 입이 필요하지만, 오는 사람에게는 찾아온 연유를 들어야 하니 귀가 필요합니다.

누구든 아쉬워 부탁하는 일이라면 입을 열기가 어렵습니다. 그래서 아쉬운 마음을 품고 찾아오는 사람일수록 자연히 서론이나 곁가지 말들이 많아지는 법입니다. 그렇게 나를 찾아온 사람이 선뜻 입을 열지 못하고 있다면 작은 배려를 해줄 수도 있습니다.

무엇보다 찾아온 이유를 제대로 파악하려는 노력 자체가 곧 배려라 할 수 있습니다. 방문한 사람의 진의를 먼저 파악할 수 있다면 거기에 맞추어 공감해주고 쉽게 이야기를 풀어나갈 수 있습니다.

자랑하러 온 사람이라면 그 자랑을 함께 나누면 될 일입니다. 위안을 받고 싶어 온 사람에게는 아픔을 나누고 위로해주면 됩니다. 아쉬운 이야기는 들어보고 내가 해결해줄 수 없다면 함께 대안을 의논해볼 수 있습니다. 기쁜 일이라면 나도 함께 기뻐하며 행복하면 됩니다. 이렇게 이유는 여러 가지겠지만 모두가 나를 찾아온 사람입니다.

사람이 사람을 찾아온다는 것은 여간 중요하면서도 기쁜 일이 아닙니다. 마음에 드는 사람이든 마음에 들지 않는 사람이든 나를 찾아오는 데는 다 이유가 있습니다. 사람이 사람을 찾는 이유는 그것이 무엇이든 소홀히 할 수 없습니다.

나를 찾아온 사람은 나에게 말을 하기 위해 왔습니다. 그러니 그 말을 귀담아 듣는 것이 먼저일 테죠. 들어준다고 모든 고민이 해결될 수는 없겠지만 적어도 해결을 위한 통로는 될 수 있습니다.

심리학에서 쓰는 말 중에 해제반응(解除反應, abreaction)이란 것이 있습니다. '무의식 속에 억압되어 있던 고통스러운 경험을 상기하거나 재연함으로써 억압된 감정을 방출하고 긴장감에서 해방되는 것'이라고 설명되고 있습니다.

이 결과를 정화(淨化, catharsis)라고 합니다. 들어만 줘도 마음의 갈등이 스스로 해소된다는 것입니다. 그러니 찾아오는 사람이 하는 말을 들어주는 작은 배려가 얼마나 귀중한 행동과 태도인지 짐작할 수 있습니다. 나는 직업상 들어주는 데 익숙했어도, 늘 내 친구가 나에게 베푼 작지만 소중했던 배려를 잊지 않고자 했습니다.

나이가 들면 경험이 쌓입니다. 그래서 사람에 대한 인상과 말을 판단하는 나름의 잣대가 확고해집니다. 해주고 싶은 말 또한 많아집니다. 도와주고 싶은 마음에, 안타까운 마음에, 바로잡으려는 마음에, 기뻐해주기 위해 해줄 말이 많습니다.

하지만 무엇보다 찾아온 사람이 먼저 하고 싶은 말을 다 할 수 있도록 배려할 필요가 있습니다. 상대의 말이 아무리 뻔하게 들릴지라도 일단 들어야 합니다. 그가 나를 찾아온 목적은 말하기 위해서니까요.

고민이 깊고 마음이 아픈 사람일수록 일단 그 말을 잘 들어주어야 합니다. 그런 경우는 말의 내용 이전에 말을 함으로써 감정의 응어리가 풀리는 정화를 필요로 하기 때문입니다. 이는 생각보다 어렵지 않습니다. 상대방이 무엇을 말하든 '그랬구나'라며 맞장구를 쳐주는 것도 방법입니다. 해주고 싶은 말이 있어도 다 들은 다음에 해도 충분합니다.

누구에게나 말해주는 사람보다 들어주는 사람이 귀한 법입니다. 그러니 들어줄수록 더 많은 사람이 찾아옵니다. 나이가 들수록 말하기보다 들어주는 사람이 되어야 합니다. 최소한 상대방이 하려는 말을 정확히 인지하려는 노력은 해야 합니다.

소통이 원만할수록 관계가 좋아진다는 원칙은 나이와 세대를 구분하지 않는 당연한 이치입니다. 나이가 들어 경험이 많아질수록 해줄 이야기가 많겠지만 들어줄 이야기 역시 많아졌다는 것을 잊지 말아야 합니다.

"왜 내 말을 들어주지 않니?"라고 말하기 전에 나는 얼마나 상대의 말을 잘 들어주는지 생각해봅시다. 내가 잘 들어주지 않는

데 상대라고 내 말을 잘 들어줄까요?

　언제나 상대의 말을 들어주는 사람이 더 어른스럽고 성숙한 사람입니다.

생각한 것을
행동한 것으로
착각하면
곤란합니다

대상이나 환경을 잘못 인식하고 해석하는 것을 착각이라 합니다. 있지도 않은 것을 있다고 보는 환상과는 다릅니다.

착각은 의식 수준에서 일어나기도 하지만 무의식 상태에서 일어나기도 합니다. 의식 수준에서 착각은 주어진 현실을 과장하거나 축소해 인식하고 행동하게 합니다. 착각을 일부러 하는 사람은 없겠지만, 사실 알게 모르게 무의식에서 소망하던 것이 반영되기도 합니다.

어떤 것에 대해 깊이 생각하거나 신경을 많이 쓰다 보면 이를 행동한 것과 겹쳐 인식할 수도 있습니다. 생각의 끝과 행동의 시작 사이에서 경계가 모호해지면서 겹쳐진 부분으로 인식하게 되는 것이죠.

가령 내가 꼭 가보고 싶던 곳을 실제로 간 곳으로 착각할 수도 있습니다. 또는 관심 있던 영화를 이전에 보았다고 착각할 수 있습니다. 가고 싶었거나 보고 싶었던 생각이 실제 행동의 기억과 중첩되면서 착각을 일으키는 것입니다.

이런 착각이 잘못된 기억 중 일부를 차지하기도 합니다. 잘못되었다는 것을 인식하고 기억을 수정하면 상관없겠지만, 착각하고 있는 대상에 계속 집착하면 망상으로 이어질 수도 있습니다.

망상까지는 아니더라도 혼자서 생각만 한 것을 정말로 행동한 것으로 착각하여 타인에게 혼란을 주는 경우가 있습니다. 그릇된 기억을 사실로 혼동했기 때문이죠. 이는 나이가 들면서 어쩔 수 없이 생기는 현상이기도 합니다.

이렇게 기억력이 떨어지는 노화 때문이기도 하지만, 자기 생각을 너무 확신하거나, 경험에 의지해 넘겨짚다가 착각하기도 합니다. 그러니 너무나 당연한 말이지만, 생각한 것과 실제 행동한 것을 명확히 구분할 줄 아는 습관이 필요합니다.

좀 극단적인 사례지만 예전에 망상증을 겪던 환자를 상담한 적이 있습니다. 한 청년이 부모와 함께 찾아왔습니다. 청년은 자신이 한센병(나병, 문둥병)에 걸렸다며 이 병원 저 병원을 찾아다니고 있었습니다. 피부과 정밀 검사를 받고 한센병이 아니라는 확진을 받았지만 계속 자신에게 병이 있다며 고집을 피웠습니다.

보통의 경우에 병이 아니라고 하면 기뻐하는데 청년은 아쉬워했습니다. 자신이 꼭 한센병 환자여야 한다는 확신을 갖고 있었습니다. 상담 중에 나는 그가 그런 확신을 갖는 이유가 반드시 있다고 보았습니다.

그의 주장을 요약하면 이렇습니다. 자기는 엄마를 사랑한다, 사랑한 나머지 엄마를 범했다, 천벌 받을 일을 했다, 천벌은 문둥병이다, 고로 나는 문둥병에 걸렸다. 청년은 이런 망상을 가지고 있었습니다.

엄마를 범한 기억이 있으면 말해보라고 했습니다. 그는 이런 내용의 말을 했습니다. 밤에 자다가 화장실에 가고 싶어 깼는데 화장실을 가려면 엄마 방을 지나야 한다, 화장실을 다녀오면 성적으로 만족감이 있다, 그러니 내가 엄마를 범한 것이다. 아동기의 오이디푸스 콤플렉스가 만든 전형적인 공상이었습니다.

이 아동기의 공상이 어른이 되어서까지 연장돼 착각으로 빠지고 더욱 집착함으로써 망상으로 이어진 사례입니다. 결과적으로 생각과 행동을 혼동한 것이죠. 소망의 연장선상에서 쾌감을 경험하고 보니 죄의식이 엄습했던 것입니다. 그 죄의식은 자신이 천벌로 문둥병을 앓아 마땅하다는 집착으로 이어졌습니다. 그래서 청년은 스스로 목숨을 내려놓으려는 시도도 몇 번 했었습니다. 의식 수준에서 스스로 현실을 검증하고 구분하는 능력이 떨어진 경우라 볼 수 있습니다.

반대로 무의식의 차원인 꿈에서도 착각이 일어납니다. 나는 수영을 못합니다. 그러나 꿈속에서는 넓은 바다에서도 헤엄을 잘 칩니다. 아주 멀리까지 헤엄을 친 꿈을 꾼 적도 있습니다. 비록 꿈속이긴 해도 '어, 내가 이렇게 헤엄을 잘 친다고?' 하며 의문을 품은 채 꿈을 엄청 즐겼습니다. 깨고 나면 꿈인 것을 알아도 즐거웠습니다. 수영이라면 맥주병인 내가 물에 떠 있다니!

하지만 이런 꿈을 믿고 실제로 물에 들어간다면 익사하기 안성맞춤입니다. 그리고 사람들은 꿈속에서 일어난 일은 사실이 아님을 잘 압니다. 너무나 당연하니 착각이라고 의식하지도 않습니다. 하지만 그 또한 생각이 만들어낸 착각이라는 것은 마찬가지입니다.

꿈은 대개 무의식적인 소망을 담고 있습니다. 소망이 이루어지자면 행동이 뒤따라야 하는데, 그럴 능력이 안 되는 경우 좌절하게 됩니다. 하지만 어떤 사람은 좌절을 극복하는 것이 아니라 회피하기도 합니다. 자신의 능력을 벗어난 간절한 소망을 이루기 위해 실제로 행동했다고 착각하는 경우로 이어지는 것이죠. 이런 착각은 일시적 위안은 되겠지만 진정한 만족으로 이어지지는 못합니다.

허언증이라는 것이 있습니다. 남에게 보이고 싶은 자신의 모습을 꾸며 거짓말하고 다시 그 거짓말을 스스로 믿는 증상입니다. 유명인 중에도 이런 일로 사람들에게 충격을 주고 본인은 곤경을 겪은 일들이 왕왕 있었습니다.

지속적으로 고집스럽게 착각에 집착하면 그것이 망상으로 이어지는 길목이 됩니다. 착각에서 벗어나기 위해서는 누구와도 비교할 수 없는 나라는 고유한 존재를 볼 수 있어야 합니다. 결국 착각은 자신을 부정하는 일이기 때문입니다.

또한 나이가 들수록 자신의 말에 책임질 수 있어야 한다는 이치를 잊지 말아야 합니다. 거짓된 말은 남을 속입니다. 하지만 더 무서운 사실은 나마저 속일 수 있다는 것입니다. 그리고 내가 한 말이 거짓임을 아는 사람이 이 세상에 나뿐인데, 나마저 그것이 거짓임을 잊게 된다면 어떻게 될까요? 생각과 행동이 일치하지 않을 때 가장 위험한 사람은 나 자신입니다.

내가 할 수 있는 것을
나답게
하면 됩니다

/ 편지 31

　사람답게, 어린이답게, 노인답게 등등 '답게'라는 말이 있습니다. 나는 이 말을 참 좋아합니다. '답다'는 몸말에 붙어 그 몸말이 지닌 특성을 품고 있음을 나타냅니다.

　'사람'이란 몸말에 붙이면 사람이 지니는 특성을 말하는 '사람답다'가 됩니다. 여기서 '사람'은 그것이 품고 있는 표준적인 특성을 지니게 됩니다. 그러니 '사람답지 못하다'고 하면 그런 특성이 없다는 의미가 되겠죠.

　그렇다면 '나답다'는 말은 무엇일까요? 나의 성질이나 특성이 있어야 한다는 말일 것입니다. 사람의 성격은 너무나 다양해 갠지

스 강의 모래알처럼 많다고 합니다. 사람이라면 저마다 특성이 있다는 뜻이겠죠. 신체 또한 많은 다양성을 띠지만 사람의 성격으로 구분하는 것에 비해서는 상대적으로 수월할 것입니다.

여전히 그럴듯하다며 회자되고 있지만 이제는 설득력이 떨어진 오래된 이론들이 있습니다. 혈액형에 따른 성격 유형이 대표적입니다. 특정 혈액형을 가진 사람은 이런 성격이라고 하면, 그 성격에 포커스를 맞추어 보게 되고 정말 그런 것처럼 생각되기 마련입니다. 일종의 착시인 것이죠.

윌리엄 셸던의 배엽 구분에 따른 성격론 또한 그렇습니다. 내배엽형(비만-내장긴장형-온화), 중배엽형(근육형-신체긴장형-공격적), 외배엽형(마른 형-두뇌긴장형-지적)으로 나누어 각 특성을 분별하고 있으나 이 역시 설득력을 잃었습니다.

꼭 이런 이론들이 아니라도 사람들은 사람을 구분하기 위해 많은 시도를 합니다. 그리고 자신 역시 이론의 틀 속에 넣어보고 살펴봅니다. 참고하거나 단순히 재미를 위해서라면 괜찮겠지만, 은연중에 심리에 깊이 영향을 미치기도 합니다. '그래, 역시 나는 그런 사람이었어'라는 생각을 하게 되는 것이죠.

그런데 나답다는 것은 이 세상에 유일한 유형입니다. 나는 단 한 명이니까요. 어찌 내가 '그런' 사람일 수 있겠습니까? 나는 나일 뿐입니다.

나답게 사는 데 있어 정해진 것이 있다면 최소한 사람답게 살자는 것 정도라고 봅니다. 그리고 사람답게 살기 위한 최소 기준은 윤리와 법이라고 할 수 있겠죠. 윤리는 사람이라면 마땅히 이런 모습을 가져야 한다는 기준입니다. 윤리적 수준이 높은 사람일수록 품격 또한 올라갑니다.

그리고 법은 사람이라면 지켜야 할 사회적 기준입니다. 남에게 피해를 주지 않기 위해 최소한 이 기준은 지켜야 한다는 하한선입니다. 위로는 윤리에 따라 도덕적 양심을 지키고 아래로는 약속한 법률적 기준을 준수해야 비로소 사람답다는 말을 들을 수 있습니다.

1980년대 초에 학회에 참석하기 위해 스위스에 간 적이 있습니다. 거기서 심리학자 융의 비서로 일했던 바우만 여사의 집에 머물렀을 때의 이야기입니다.

나는 트램(노면전차)을 타기 위한 카드를 사서 탈 때마다 결제를 했습니다. 나중에는 결제하는 척하고 그냥 몇 번 탔습니다. 이 이야기를 들은 바우만 여사가 나에게 몇 번 공짜로 탔는지 물었습니다. 내가 자랑삼아 세 번 그렇게 탔다고 했더니 그녀가 내 카드를 달랍니다. 바우만 여사는 트램을 타면서 내 카드로 정확히 세

번 더 결제했습니다.

나는 부끄러웠습니다. 아직 우리나라에는 그렇게 자율적으로 결제하는 시스템이 없던 때라 장난 섞어 한 행동이었는데, 바우만 여사는 그 사실에 정색했습니다. 승차 감독이 허술했던 것이 아니라 그곳의 윤리 기준이 높았고 승차에 대한 법률이 명확했던 것입니다. 결과적으로 나는 사람다운 상한선인 양심도, 하한선인 법률도 지키지 못했던 것이죠.

부끄러운 일이었지만, 어쨌든 나는 나다웠고 바우만 여사는 바우만다웠다고 할 수 있습니다. 물론 내 잘못이고 모두가 그러지는 않겠지만, 그 시절에 내가 살았던 사회의 의식 수준이 반영된 일이라 생각합니다.

물론 지금이라면 어림도 없는 일입니다. 우리 사회 역시 의식 수준이 진화했으니까요. 우리가 사는 사회는 우리답게 발전했을 것입니다. 또한 우리 사회에 적응하는 나 역시 나답게 진화했습니다.

나답게 살기 위해서는, 먼저 사람답게 살아야 합니다. 그래야 내가 할 수 있는 것을 나답게 할 수 있고, 사람들의 인정 또한 받을 수 있겠죠. 이 세상에 나는 한 명이지만 다른 사람 역시 이 세상에 단 한 명뿐인 귀한 존재입니다. 그러니 그 귀한 사람들 속에서 지킬 것은 지키며 사람답게 살면서 내가 할 수 있는 것을 나답게 하며 살 때 가장 빛나는 존재가 될 것입니다.

나답게
살때
가장 빛나는
존재가
됩니다

퇴직은 직장을
떠나는 것이지
일을 그만두는 것이
아닙니다

/ 편지 32

　　세월이 참 빠릅니다. 내가 정년퇴임 한 때가 엊그제 같은 2001년인데, 내가 정신의학을 가르친 제자가 2010년에 처음으로 정년퇴임을 맞았습니다. 이를 시작으로 이제 줄줄이 정년퇴임 하는 제자들이 나오고 있습니다. 축하해 마지않습니다. 이제는 제자라기보다 인생을 함께 살아가는 동지 같아서 반갑습니다. 그러니 축하하는 마음이 큽니다.

　　되돌아보면 정년을 채우는 것은 아무나 쉽게 할 수 있는 일이 아닌 듯합니다. 교직에 몸 바쳐서 큰일 없이 정년을 맞이하기란 쉬운 일이 아니더군요. 다른 모든 직종 또한 그럴 것입니다.

나는 회갑을 맞이하던 해에 정년퇴임을 구체적으로 생각했습니다. 선배 교수님들이 어떻게 정년을 맞아 교직을 떠나는지 궁금증이 많았습니다. 그래서 정년이 되어 학교를 떠나게 된 교수님들의 퇴임 강연에 꼭 참석했습니다. 많은 것들을 배우고 얻을 수 있었기 때문이죠.

크게 두 가지 유형으로 나뉘었습니다. 아쉬운 나머지 떠나야 한다는 사실에 언짢아하고 어떤 식으로든 말로 표현하는 분들이 계셨습니다. 섭섭함과 아쉬움과 나 혼자 떠나야 하는 분노 같은 감정이 복합적으로 작용했을 것입니다. 한 선배 교수님은 나이가 들었다는 이유 하나로 직장을 떠나야 한다니, 이건 헌법소원감이라며 절규하시기도 했습니다.

다른 한 유형은 지나온 일들을 회상하며 그동안 몸담았던 직장 내 모든 분들에게 감사를 표하는 말로 퇴임사를 대신하는 분들입니다. 중간에 여러 이유로 정년에 이르지 못한 분들이 많은데, 자신은 정년에 이를 수 있었던 것만으로도 감사하다는 표현이죠. 생각해보면 표현이 다를 뿐 아쉬운 감정은 크게 다르지 않습니다.

다가오는 2월이면 내 제자 교수가 또 정년을 맞습니다. 당사자는 나름대로 개인적인 퇴임통을 앓고 있겠지만, 먼저 퇴임한 선배로서 가장 기초적인 조언 두어 가지를 들려주고 싶습니다.

우선 첫 번째로 '내 나이가 65세가 되었구나'라는 사실을 가슴으로 받아들이자는 것입니다. 그런 간단한 이치를 누가 모르겠습니까. 하지만 머리로는 알지만 가슴으로 받아들이기는 쉽지 않습니다. 그것이 인사치레든 사실이든 누가 "선생님, 연세보다 훨씬 젊어 보입니다"란 말을 해주면 싫지 않습니다.

하지만 보는 사람에게 그렇게 보였다는 인사일 뿐 실제 나이가 젊어지거나 하지는 않습니다. 그만큼 나이 들어가는 일이 반갑지 않다 보니 젊어 보인다는 것은 누구에게나 반가운 일일 것입니다.

나는 우리가 정년에 좀 더 솔직해질 필요가 있다고 생각합니다. '그래 나 65세야.' 이 점을 직시하고 가슴으로 받아들인다면 나이를 거부하고 사는 것보다 훨씬 즐거운 삶이 되리라 봅니다.

어차피 나이란 거부한다고 안 먹는 것도 아니며, 젊어지려고 노력하는 동안에도 나이는 계속 들어갑니다. 조금 더 젊게 보일 수는 있어도 나이를 안 먹을 수는 없죠. 같은 이치로 정년은 나이로 결정되는 것이지, 노화로 결정되는 일도 아닙니다. 누구에게나 똑같이 닥치는 현실일 뿐입니다. 그러니 준비가 되었든 되지 않았든 먼저 당당하게 받아들일 필요가 있습니다.

있는 그대로가 아닌 젊어 보인다는 위안을 받으면서 언제까지 착각 속에서 살 수도 없습니다. 착각은 할 때만 즐거울 뿐 실제가 아닌 허구라는 것을 본인 스스로도 잘 압니다. 정년퇴임은 그런 착각에서 벗어날 계기가 되기도 합니다.

두 번째로 연습이 필요합니다. 정년을 자각했다면 그에 맞는 적응을 연습해야 합니다. 노인으로 살기 위한 일종의 학습인 것이죠. 요즘 육십 대면 아직 장년에 속한다고도 하는데, 그렇다고 칠십 대가 먼 것도 아닙니다. 또한 노인으로 산다는 것 역시 그리 호락호락한 일이 아닙니다. 미리 연습하고 익숙해진다 해서 나쁠 것도 없습니다.

나는 정년퇴임 후 삶에 적응하기 위해 현역일 때와는 확연히 다른 시선으로 내 삶을 보고자 했습니다. 그래서 65세에 정년을 맞이하고 제일 먼저 한 일이 '시니어 패스'라 이름 지어진 어르신 교통카드 발급이었습니다. 만 65세가 되면 누구에게나 발급해주니 고마운 노인 대접이라 생각합니다. 이왕이면 이렇게 대접받고 누리면서 새로운 삶을 연습하고 적응해보자는 권유를 해봅니다.

65세까지는 아무리 스마트한 현역 교수였다 해도 퇴임 후에는 새로운 사회에 적응해야 하는 초년병일 뿐입니다. 아시다시피 이제는 노인으로 사는 세월이 만만치 않게 긴 시대입니다. 이미 노인으로서 오래 사신 분들 입장에서는 아장아장 걸음마하는 단계이기도 합니다. 하지만 어렸을 때의 아장아장 걸음은 생각 없는 걸음이었지만, 정년을 넘긴 아장아장 걸음은 경험이 쌓인 지혜로운 걸음이 될 것입니다.

그동안 쌓아온 경험과 지혜라는 자산은 인생의 이모작을 꾸며보고 준비하는 또 다른 흥분을 주는 소재가 됩니다. 나이 듦을 받아들였다 해서 절대 끝이라는 뜻이 아닙니다. 나이 듦을 받아들이면 새로운 인생이 펼쳐질 뿐입니다. 오히려 나이에 집착하는 만큼 젊지 않아 못할 일이 늘어날 뿐입니다.

젊어지고 싶다는 마음은 사실 건강해지고 싶다는 마음과는 다릅니다. 늙고 싶지 않다는 뜻일 뿐이죠. 마찬가지로 젊게 사는 것과 젊은 것 또한 다릅니다. 그러니 나이 듦을 받아들인다면 순리대로 나이에 맞는 일들이 눈에 더 잘 보일 테고, 마음이 편한 만큼 활력도 생길 것입니다.

시니어 패스를 발급받았다면 이제 무료로 탈 수 있는 전철을 타고 두리번거리면서 정년 후 삶을 구상해볼 것을 권합니다. 만 65세를 바로 자각하고, 그에 걸맞을 행동을 연습하면서 '스마트한 나만의 에이징 프로그램'을 짜보는 것입니다. 이런 자각과 행동을 갖출수록 비슷하게 생각하고 행동하는 인연들을 만나 교류할 기회를 자연스럽게 얻게 됩니다. 또한 여러 좋은 일들로 이어질 수 있습니다.

나눌 것이 있다면 나누면 되고, 도움 받을 것이 있다면 도움 받으면 됩니다. 여전히 해보고 싶은 것들, 해주고 싶은 것들이 많습니다. 정년이 되었다고 바로 이전과 다른 사람이 되는 것도 아닐 테니까요. 이제는 시간이 넉넉합니다. 그동안 바빠서 못 했던 것을 해볼 기회가 왔으니 이런 생각을 해보면 좋을 것입니다.

'누구와 함께 무엇을 나눌 것인가?'

나는 제일 먼저 자신에게 나누어주라고 말하고 싶습니다. 이제 막 사회적인 역할과 의무에서 자유로워졌으니, 지금 당장 나누어야 할 대상은 자신입니다.

내가 있어야 주변이 있습니다. 나눔의 주체는 내가 되어야 하고, 그 첫째 대상은 나여야 합니다. 그렇게 스스로를 돌보다 보면 주변에 나누어 주어야 할 많은 것들을 발견하게 됩니다. 재물만이 나눔이 아닙니다. 그동안 취득한 지식과 경험 그리고 지혜는 나눌수록 좋은 나의 자산입니다.

퇴직은 내 몸이 직장을 떠난 인생의 사건입니다. 그러나 떠났을 뿐이지 누구도 일을 그만두라고 한 적은 없습니다. 또한 조기 퇴직을 해도 좌절하지 않고 또 다른 시작을 위한 희망을 가질 필요가 있습니다. 적어도 포기하지 않아야 새로운 기회 또한 오는 법입니다. 정년을 채웠든 채우지 못했든 퇴직 자체가 인생의 끝이 아닙니다. 누구나 퇴직을 합니다. 그리고 누구는 좀 더 빨리 퇴직 후의 삶을 시작하기도 합니다.

퇴임 후 나는 병원 입구에서 안내하는 일을 맡겨달라고 했습니다. 의사와 교수로서는 퇴임했지만 안내원으로 새로 뽑아달라고 했습니다. 그동안의 경험으로 병원을 찾은 환자들에게 더 자세한 안내를 할 수 있다고 생각했기 때문입니다. 결국 환자는 좋을지 몰라도 병원 직원들은 교수님 때문에 부담스럽고 불편해진다는 이유로 성사되지 못했습니다. 나는 내 위치에 걸맞게 일할 각오가 돼 있었지만 직원들의 입장도 이해는 했습니다. 하지만 그것도 오래전 일이라 그렇지 요즘이라면 가능할 수도 있는 일이라 생각합니다.

나대로 내 여건에 맞추어 현실에서 내가 할 수 있는 것을 새롭게 시작하는 것이 중요합니다. 노년은 깁니다. 생각한 것을 다 할 수는 없지만, 하고 싶은 만큼은 할 수 있는 시간입니다. 이제 한두 달 지나면 새로운 출발점에 서는 제자에게 끝으로 이 말을 해주고 싶습니다.

'우리가 이 세상에 온 빚을 갚자!'

내려놓는 것은
포기와
다릅니다

/ 편지 33

포기란 내가 하고자 하던 일이나 하던 일을 버리는 것이며, 자기의 권리나 자격을 쓰지 않는 것입니다. 즉 버리고 돌보지 않는 것이죠.

마음에서 '내려놓다'는 의미는 포기보다 더 큰 틀의 개념입니다. 포기도 내려놓음의 일종이라 할 수 있지만, 내려놓음이란 나나 주변의 형편을 알아차리고 그에 걸맞은 마음으로 돌아간다는 의미를 띠고 있습니다.

정신과의사로 일하면서 여러 환자를 만났습니다. 그런데 자기 마음은 자기가 잘 알고 있으니 스스로 마음을 조종할 수 있다고 하는 환자가 꽤 많았습니다. 맞는 말입니다. 그러나 그런 말을 하는 사람들의 말이나 마음을 헤아려보면 이미 자기 마음을 조종할 능력을 상실한 경우가 많았습니다.

그런 부족함을 돕는 사람이 치료자인데 환자들은 자기의 생각에만 집착하여 치료를 거부하는 일들이 있었습니다. 다른 병들과 달리 마음의 병은 아파도 아프지 않다고 부정하는 경우가 있어 쉽지 않습니다. 이런 사람은 체면이나 자존심이라는 짐을 내려놓지 못한 것입니다. 그러니 자신을 위해서라도 내려놓는 마음이 먼저라고 봅니다.

교회에 가면 모든 것을 내려놓고 하나님을 의지하라고 합니다. 절에 가면 욕심을 내려놓으라고 설법합니다. 종교에서 그렇게 강조하는 것을 보면 그만큼 내려놓음은 쉽지 않나 봅니다.

자포자기한 사람은 스스로를 돌보지 않고 몸과 마음을 망칩니다. 절망에 빠져 좋지 않은 줄 알면서도 도의상 옳지 않은 일을 지속합니다. 사실상 자신을 포기한 것입니다. 하지만 내려놓음은 자신을 끝까지 포기하지 않고 다스리는 것입니다. 힘든 상황에서 주저앉는 것이 아니라, 짐만 내려놓는 것이죠. 이제 한결 가벼우니 가던 길을 계속 갈 수 있습니다.

대학생 때 4·19 혁명에 가담했던 나는 군사정권이 들어서고 어

이없게 뒤늦게 형을 선고받았습니다. 그래서 수련의 시절에 수형
생활을 했습니다. 그때 겪었던 일로 모진 앙심을 품은 적이 있었
습니다. 고백하건대, 내가 의사가 되면 나를 찾는 환자 중에 절대
로 도움을 주지 않겠다고 다짐한 대상이 있었습니다. 군인, 경찰
관, 교도관이 그들이었습니다.

　수형되기 전후로 그리고 수형 중에 그들이 내 자존감에 준 상처
가 컸습니다. 지나간 일이라 기억나는 한 가지만 말해보겠습니다.
교도소에서는 아침마다 점검을 합니다. 문을 열고 줄을 세운 뒤
호명합니다. 교도관이 지시봉으로 내 머리를 때리고 물었습니다.

"야, 인마, 너 뭘 훔치고 들어왔어?"

"안 훔쳤습니다."

"이 새끼 말이 많아."

　그 이후로 똑같은 질문을 받으면 나는 이렇게 말했습니다.

"자전거 한 대 훔쳤습니다."

　머리를 맞기 싫어 억지로 한 대답이었습니다. 그런데 교도관은
지시봉으로 내 배를 찌르며 다시 물었습니다.

"고작 한 대야?"

　이런 반복된 경험은 나로 하여금 모진 앙심을 품게 만들었습니
다. 수형 생활을 마치고 다시 병원으로 돌아와 수련의가 되었습니

다. 그러던 어느 날, 교통사고를 당한 한 교도관이 응급실로 실려 왔습니다. 나는 우리 병원에서 수술할 수 없다고 거절했습니다. 그러면 어떻게 하면 좋겠느냐고 동료 교도관이 물었고, 나는 대답했습니다.

"서울로 가세요."

그곳이 대구라서 불가능한 제안을 한 격이었습니다. 그때 사고를 당한 교도관의 어린 아들이 도착했습니다. 중학생 아이가 내 가운 자락을 붙들고 아버지가 돌아가셔도 좋으니 수술이라도 한 번 받게 해달라고 애원했습니다.

사실 그 교도관은 신경외과 수술이 필요한 상황이었고, 내가 있던 병원에는 신경외과가 없었습니다. 내 양심도 있었지만 현실적으로 수술이 불가능한 처지이기도 했습니다.

나는 머리를 찍은 엑스선 사진을 가지고 일반외과 과장님 댁으로 급히 앰뷸런스를 타고 갔습니다. 당연히 과장님은 나더러 정신이 있나 없나 하며 나무랐습니다. 머리 수술을 해본 경험이 없던 일반외과의로서는 당연한 말이었습니다. 내가 말했습니다.

"그래도 수술 경험이 있는 분은 여기서 교수님뿐이잖아요."

결국 기적적으로 교도관을 살렸습니다.

생각해보면 나는 내 양심을 교도관의 자녀로 인해 내려놓은 것입니다. 내려놓고 나니 군인도 경찰도 교도관 어느 누구도 불편한 관계가 아니었습니다. 예전에 겪었던 한두 사람과의 관계를 일반화하여 모든 사람을 향한 앙심을 품었던 것입니다. 알아차리고 보니 종로에서 뺨 맞고 한강 건너 눈 흘긴 꼴이었습니다.

마음을 내려놓는다는 것은 논리적인 문제가 아닙니다. 감정의 문제입니다. 그래서 나의 앙심은 그 어린 아들의 마음에 녹았나 봅니다.

어떤 입장을 내려놓는다는 것은 또 하나의 다른 입장을 취하기 위함입니다. 누군가를 미워할 것인지, 그와 더불어 살 것인지는 결국 선택해야 할 하나의 입장입니다.

그 입장이라는 것이 참 묘합니다. 미워하면 고립될 것이고, 용서하면 더불어 살 수 있습니다. 그것이 공생입니다. 함께하기 위해서는 이해와 용서가 필요합니다. 결코 쉽지 않은 일입니다. 하지만 앙심이라는 마음의 짐을 지고 사는 인생은 더 괴롭습니다. 내려놓지 못한다면 그것은 집착이 되고 맙니다.

내 앙심을 진작 알아차리고 내려놓게 해준 그 중학생이 지금도 참 고맙습니다. 아직까지도 그 마음의 짐을 지는 데 집착했다면, 나는 이미 지쳐 쓰러졌을지도 모릅니다.

내려놓는 것은 포기와 다릅니다. 내가 사람들과 더불어 살기 위해 그리고 내가 더 행복해지기 위해 짐을 내려놓는 것입니다. 일단 내려놓으면 잊게 됩니다. 그러니 더 이상의 번뇌가 없습니다. 하지만 포기하려 하면 아쉬운 마음이 남습니다. 그 자체로 또 하나의 짐이 됩니다. 마음의 문제는 포기가 안 됩니다. 내려놓아야 해결됩니다.

내가 행복해야
남도 행복하게
할 수 있습니다

/ 편지 34

　　　많은 사람들이 행복은 자기 안에 있다고 합니다. 아
주 분명한 메시지입니다.

　나라는 존재가 없다 해도 주변 사람들과 세상은 존재합니다.
하지만 내가 없는 세상은 내게 어떤 의미일까요? 우리는 타인으
로서 살 수 없습니다. 내 존재를 통해서만 타인을 인식하고 느낄
수 있습니다. 그러니 내가 없다면 적어도 나에게는 남과 주변이
없다고도 할 수 있습니다. 우리는 나라는 존재를 중심으로 살 수
밖에 없습니다.

　하지만 모순적이게도 내 안의 행복은 남에게서 오는 경우가 많

습니다. 인간으로서 느끼는 많은 행복이 타인과의 관계에서 생기기 때문입니다. 아무리 내가 내 인생의 중심에 있다 해도 나 혼자서 행복할 수 없는 이유이기도 합니다.

의과대학을 다닐 때였습니다. 워낙 공부할 과목도 많고 시험도 자주 쳤습니다. 점수를 관리하기가 여간 어렵지가 않았습니다. 더구나 나는 학급을 대표하는 총대란 역할을 맡고 있었습니다. 총대가 주로 하는 일은 공적인 알림을 전하거나 급우들이 받은 점수를 교수님께 조정해달라거나 재시험 기일을 정하는 등 교수님과 급우들 사이의 조정 역할이었습니다.

한번은 생리학 시험 성적이 전체적으로 나빠 교수님을 찾아 조정해줄 것을 부탁드렸습니다. 교수님은 조정이 필요한 학생들의 명단을 가져오라고 하셨습니다. 사실 나도 해당되었으나 명단에 내 이름을 스스로 올린다는 것이 옳지 않다고 생각해 빼버렸습니다.

교수님은 명단을 보시더니 다시 한 번 조사를 하라 하셨습니다. 그렇게 세 번이나 말씀하셨는데 나는 내 이름을 올리지 못했습니다. 결국 교수님은 명단에 올라간 학생들의 점수를 조정해주셨습니다.

나는 낙제점 경계선에 있었으나 명단에 없어서 혜택을 입지 못했습니다. 다행히 다른 과목의 성적이 좀 나아서 겨우 낙제를 면했습니다. 사실 교수님은 나에게 메시지를 보냈던 것입니다. 학급 동료들의 점수도 챙겨야 하지만 네 앞가림도 하라는 뜻이었던 것입니다. 하지만 차마 나는 내 앞을 가리지 못했습니다.

내가 알던 친한 지인 한 분은 목사님이었습니다. 개척교회를 이루노라 밤낮 없이 일했습니다. 그러니 자연히 가족을 돌볼 여유가 없었죠. 부인과 많은 자녀들이 고통과 갈등 속에서 성장할 수밖에 없었습니다. 가족이 힘든 상황에서 신도들에게만 모든 정성을 쏟는 목사님은 가족에게 공공의 적이었습니다.

내 앞을 스스로 가리지 못하고 동료 학생들을 챙긴다고 나선 나나 교회를 개척하노라 가족을 챙기지 못한 목사님이나 그런 면에선 공통점이 있다고 봅니다. 친구들만 챙기다가 내가 낙제를 했다면 나나 친구들 모두에게 행복한 일은 못 될 것입니다. 개척교회가 비록 성공했다 해도 붕괴된 가족을 생각하면 그 또한 행복한 일이 아닙니다.

인간은 자기 자신의 행동에 의해 자신을 만들어간다고 생각합니다. 내가 나를 부실하게 만들었다면 비록 겉으로는 남을 위한 이타적 행동을 보일지라도 행복한 주체는 되지 못할 것입니다.

흔히 행복은 이타심에서 오고 불행은 이기심에서 온다고 합니다. 맞는 말입니다. 하지만 나는 다른 주장을 하고 싶습니다. 남을 위한 이타심의 주체는 누구일까요? 말할 것도 없이 나입니다. 내가 행복하지 않은 상황에서 이타심을 발휘해 남을 돕는다는 것의 의미는 무엇일까요?

상대가 나로 인해 행복해진 모습을 보고 나도 행복해지면 좋은 일이겠지만, 나는 이전과 마찬가지로 행복하지 않다면요? 어쩌면 불행감을 이타심으로 해소하려 했을 수도 있습니다.

어릴 때는 이기심 때문에 살아남습니다. 자신이 원하는 것을 적극적으로 요구하지 않는다면 위험해질 수도 있습니다. 차차 성장하여 주변과의 관계에 적응하면서 이타심을 배우게 됩니다. 나는 중요한 존재지만 남도 나처럼 중요한 존재란 것을 알면서부터 이타심이 싹틉니다.

어린이 같은 이기심을 어른이 되어서도 여전히 갖고 있다면 그는 불행한 사람입니다. 어른이라면 마땅히 주변과의 관계를 긍정적으로 관리할 수 있는 능력을 갖출 줄 알아야 합니다.

사실 이기심과 이타심은 혼재되어 있기도 합니다. 이타적 행동이란 넓게 보면 우리를 위한 것이고, 그 우리 안에 내가 속합니다. 다른 사람이 나와 상관없지 않다는 것을 알게 되면서 이타성은 싹트기 시작합니다. 그래서 넓게 보면 이타심은 성숙한 이기심이라 할 수도 있습니다.

내가 건강해야 내가 행복해야 그로 인해 넘쳐 전달되는 행복감이 이타심입니다. 내가 행복해야 더불어 남을 행복하게 할 수 있으며, 남의 행복이 나에게로 전해지는 선순환이 이루어집니다. 나 없이 남을 도울 수는 없습니다. 그러니 나 자신을 소중하게 돌보고 잘 대해주어야 합니다.

배우는 것만큼
즐거운 세상 구경이
있겠습니까?

/ 편지 35

'배워서 남 주나.'

공부를 게을리하거나 하기 싫어서 핑계를 대면 부모님이나 선생님께서 이런 말씀을 했습니다. 배우고 익히는 공부와 수련은 남이 아닌 나를 위한 것인데 왜 싫어하느냐는 뜻이겠죠.

학창시절에 나 혼자 듣던 말이 아닌지라 친구들끼리 이 말을 두고 우스갯소리를 했던 기억이 납니다. 이런 내용이었습니다. 사과가 다섯 개 있는데 두 개를 먹었습니다. 남은 사과는 몇 개일까요? 정답은 세 개가 아닌 두 개입니다. '먹는 것이 남는 거다'라고 하지 않습니까. 먹은 것이 두 개이니 남은 것은 두 개가 된다는 것입니다. 난센스죠.

그런데 영 엉터리 같지도 않습니다. 결과적으로 '나에게 남은 것은' 먹어서 나한테 영양소로 남은 사과 두 개일 테니까요. 결국 '배워서 남 주나'라는 말을 더 실감하게 된 우스갯소리였습니다. 익히고 배우는 것은 그 누구도 아닌 내 인생을 위한 일이니까요.

먹은 것이 남는 것처럼 배운 것은 내 것이 됩니다. 남 주는 것이 아닌 내 지식이 됩니다. 그런데 배워두면 내 것이기도 하지만 때로는 남에게 긴요하게 나누어줄 일도 생깁니다. 학생들을 가르치던 나로서는 일생 동안 내가 배운 것을 간직하기도 했지만 다른 사람에게 나누어주기 위해 더 많이 배우고 익혀야 했습니다. 하지만 지식이란 남에게 준다고 내 것이 줄지도 않는 것이더군요.

배움에는 두 가지 방법이 있습니다. 하나는 책이나 영상 등을 통해 지식을 전수받는 방법입니다. 다른 하나는 경험입니다. 남대문을 본 사람이 거기에 숭례문이라 적혀 있다 말해도 서울에 안 가본 사람이 남대문이라 적혀 있다고 우기면 못 이긴다는 이야기가 있습니다. 말로만 전해 듣고도 본 듯이 이야기하면 이긴다는 뜻이죠. 직접 경험해서 안다는 것의 중요성을 역설한다고 볼 수 있습니다.

1990년대 말에 나는 네팔 카트만두의 한 찻집에 들렀습니다.

그런데 거기에 한국인으로 보이는 여학생이 조용히 앉아 책을 보고 있었습니다. 그리고 그 책은 내가 네팔에 대해 쓴 수필집 《신은 우리들의 입맛춤에도 있다》였습니다. 놀라웠고 반가웠습니다.

'이 낯선 외국에서 내 책을 읽으면서 차 한잔하고 있다니, 저 여학생은 누구일까?'

나는 다가가서 지금 읽고 있는 책을 내가 썼노라고 말을 걸었습니다. 깜짝 놀란 여학생은 내 수필집을 참고해 네팔에 왔다고 하더군요. 한 학기 휴학하고 네팔을 여행하는 중이라고 했습니다. 이야기를 나누다 뜻이 맞아 우리 네팔 의료봉사단과 함께 일주일을 지내다 헤어졌습니다.

학생은 네팔을 공부하고 싶어서 왔다고 했습니다. 낯선 곳이라 미리 경험한 사람의 책을 찾다 보니 내 책이 눈에 띄었답니다. 읽다 보니 내용대로 정말 그럴까 하는 궁금증이 생겨 직접 왔답니다. 그렇게 책을 보는 것도 공부고 직접 찾아가서 보는 것도 공부입니다.

나는 늦깎이로 사이버대학교 문화학과에 입학했습니다. 이유는 간단합니다. 문화에 대한 궁금증 때문이었습니다. 1982년 이래 지금까지 줄곧 네팔을 가고 있지만 여전히 깊이 알지는 못했다고 느꼈습니다. 그런데 공부를 시작하고 보니 진작 했다면 네팔에 대해 더 깊이 이해할 수 있었으리라는 아쉬움이 남았습니다. 늦었다 해도 문화에 대한 체계적인 공부가 즐거움을 더해주었습니다.

그렇게 아예 본격적으로 공부를 시작해보니 문화란 무엇인가라는 근원적 궁금증부터 지금 내가 접하고 있는 네팔 문화의 전통과 현주소까지, 이를 보는 관점이 이전과 확연히 달라졌습니다. 지리적으로 멀리 떨어져 있는 나라지만 우리와 닮은 공통점이 있는가 하면 이질적인 면도 많습니다. 아는 만큼 보인다고 이제 그에 대해 더 잘 보인다는 생각이 들고 그렇게 오랫동안 가본 곳인데 다시 새롭게 느껴집니다.

세상 구경이란 배움입니다. 봐서 알게 되고, 알고 있어 보입니다. 보고 들은 것을 정리하면 바로 내 것이 됩니다. 결국 내 입으로 먹은 것이 남는 것이죠.

배움에는 나이가 없다고 합니다. 배움이 곧 삶인데 나이가 무슨 소용이겠습니까? 누군가는 소극적이고 누군가는 더 적극적일 뿐입니다. 나는 이왕이면 적극적으로 배우고자 했습니다. 그 편이 더 재미있기 때문입니다.

아예 학과 게시판에 내가 예전에 교수였다는 이유로 누구든 나를 교수님이라 부르면 면대하지 않겠다고 공지했습니다. 나는 절실히 학생이고 싶었습니다. 내 마음을 알았는지 새파란 젊은이들이 학우님이라 부르며 동료 학생으로서 스스럼없이 대해주었습니다.

나는 즐겁게 공부하고 어울렸습니다. 그러다 보니 최고령 졸업에 학과 수석 졸업이라는 뜻하지 않은 선물까지 얻었습니다. 나이들어 하는 공부가 재미있다 보니 우리 과에서 내가 제일 심하게 즐겼나 봅니다.

천상병 시인은 삶 자체가 소풍이라 했습니다. 삶은 그렇게 소풍처럼 왔다가 둘러보고 체험하는 여정일 수 있습니다. 어차피 아무것도 가지고 갈 수 없는 것이 죽음이라면, 더욱 좋은 것 그리고 내가 보고 싶은 것을 구경하는 게 낫겠죠. 그런 의미에서 학습이란 우리 생에서 가장 적극적인 구경과 체험입니다.

배운다는 것은 세상의 더 깊은 곳을 구경하는 일일 것입니다. 또한 상대적으로 늦은 나이라 해도, 다시 전문가가 되지 말라는 법도 없습니다. 여력이 되는 만큼 자신의 호기심을 즐기면 됩니다.

길에서건 책에서건 교실에서건, 나이와 상관없이 누구나 세상을 보고 싶은 만큼 즐겁게 볼 권리가 있습니다. 사람 사이에 나이가 있지, 자기 인생에는 나이가 없습니다.

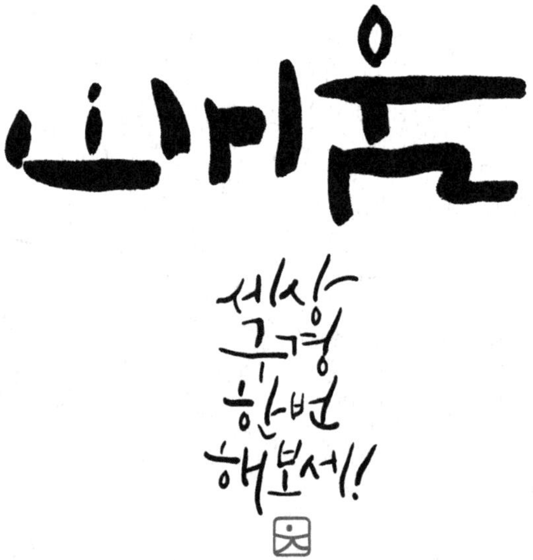
세상
구경
한번
해보세!

인생은
'지금 여기'에만
존재합니다

/ 편지 36

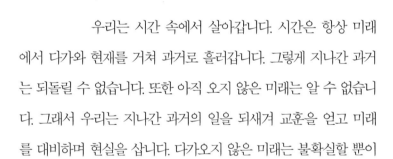

　　우리는 시간 속에서 살아갑니다. 시간은 항상 미래에서 다가와 현재를 거쳐 과거로 흘러갑니다. 그렇게 지나간 과거는 되돌릴 수 없습니다. 또한 아직 오지 않은 미래는 알 수 없습니다. 그래서 우리는 지나간 과거의 일을 되새겨 교훈을 얻고 미래를 대비하며 현실을 삽니다. 다가오지 않은 미래는 불확실할 뿐이니까요.

　　그래서 '지금 여기(Here & Now)'라는 말의 뜻이 여간 깊지 않습니다. 지금이라는 시점과 여기라는 공간을 강조한 이 말은 정신분석학 용어이기도 합니다. 프로이트가 제시했고 이후 제자인 페

214

렌치(Sándor Ferenczi)가 적극적인 치료 기법으로서 그 중요성을 강조해 주목받았습니다. 지금은 여러 가지 의미를 지니며 회자되고 있습니다.

한 시공간 안에서 전혀 다른 사실을 동시에 선택할 수는 없습니다. 극장에서 같은 시간에 상영하는 두 영화 중에서 하나를 골라야 하는 것과 같은 이치입니다. 두 가지 시간이 존재할 수 없으니 우리는 선택할 수밖에 없습니다. 결국 나중에 그 선택이 마음에 들지 않아도 받아들일 수밖에 없습니다. '만일 그때'라는 가정으로 지난 일을 자꾸 고집한다면 스스로를 더 힘들게 할 뿐이죠.

과거는 후회의 대상으로 삼기보다 지금을 비추는 반면거울로 삼아야 합니다. 후회가 집착이 되어 내 탓이라는 감정으로 굳으면 더 힘들어집니다. 미래에 대한 걱정은 더욱 그렇습니다. 생각하면 걱정되지 않는 미래가 어디 있겠습니까? 거기에만 온통 매달린다면 이 또한 힘듭니다. 어떠한 경우든 우리에게는 '지금 여기'만 주어졌기 때문입니다.

그러니 하루가 즐거우면 잠자리가 편하고, 일생에 맺힌 것이 없다면 죽음이 평안할 것입니다. 오히려 과거에 집착할수록 지금 그리고 미래에 닥쳐올 기회를 알아보기가 어렵습니다. 또한 걱정에 파묻혀 있으면 지금 즐길 수 있는 기회를 놓치고 맙니다. 과도한 집착과 걱정은 지금 여기의 현재를 바로 보지 못하게 하는 장애가 될 수 있습니다.

신라의 천년고도 경주 남산의 냉골(삼릉계곡)에 오르면 선각마애육존불상이 있습니다. 바위에 부처님과 보살상을 일필휘지하듯 음각해둔 마애불상군입니다. 그런데 육존불이 아니라 따로 현세의 삼존불과 미래의 삼존불이 합쳐진 것이라 주장하는 학자들도 있습니다. 나 역시 이 주장에 깊이 동의합니다.

직접 탐방해보면 하나의 큰 바위가 마치 두 개인 것처럼 한쪽은 튀어나오고 한쪽은 들어가 있습니다. 고작 1미터 정도 되는 돌출된 간격을 두고 오른쪽 바위에 새겨진 삼존불은 지금 우리가 살고 있는 현세를 상징하는 것으로 보입니다. 그리고 왼쪽 삼존불은 우리가 죽어서 찾아갈 서방정토의 삼존불입니다.

모두 하나의 작품 같으면서도 그 사이에 미묘한 간격을 두어 현세와 서방정토를 묘사한 모습에 감탄할 수밖에 없습니다. 현세 자체를 극락으로 만들고자 했던 신라인의 생사관이 엿보이는 대목이었습니다.

나는 그 자리에서 깨달았습니다. '지금 여기'는 살아 있는 지금이기도 하며, 죽음이 닥칠 미래이기도 하다. 또한 내가 살고 있는 여기이기도 하며, 죽어서 묻힐 여기이기도 하다.

216

'지금 여기'는 '생과 사'입니다. 우리는 살면서 죽어가고, 죽어가며 삽니다. 삶과 죽음은 하나인 것입니다. 그러니 '지금 여기'가 극락이기도 하고 지옥이기도 합니다.

인생은 '지금 여기'에만 존재합니다. 내가 있는 지금 이곳에서 행복을 선택해야 합니다.

이혼을 막을
필요는 없지만
권할 이유도
없습니다

/ 편지 37

　　이혼하기 위해 결혼한다는 말이 나올 만큼 요즘의 우리나라 이혼율은 무척이나 높습니다. 더구나 이제 통계로는 황혼 이혼이 신혼 이혼을 앞질렀다는 보도까지 나오니, 이제는 부부간의 성격 차이를 넘어 오랜 세월 동안 누적될 갈등에도 관심을 가져야 할 것 같습니다.

　　이혼에 대한 세태만 달라졌다고 보지 않습니다. 대가족에서 핵가족 시대를 넘어 이제는 일인 가구가 급속히 증가하고 있습니다. 무려 네 가구 중 한 가구가 일인 가구입니다. 물론 이 중에는 이혼 후 혼자 꾸린 일인 가구도 포함될 것입니다.

1973년에 나는 연세대학교에서 이화여자대학교로 교직을 옮겼습니다. 여대인 그곳에서 접한 결혼관이 당시로서는 꽤나 신선했습니다. 결혼은 필수라고 생각하고 살던 시절이라, 결혼은 선택이지 필수가 아니라는 학생들의 주장을 직접 들으니 충격적이기까지 했습니다.

한 번 시집가면 그 집 귀신이 되어야 한다는 말을 듣고 모진 시집살이가 당연하던 시절이 있었습니다. 시집살이에 적응하지 못하고 친정으로 온 딸에게 문도 열어주지 않고 문전박대했던 사연들은 이제 옛날이야기로 남아 있습니다. 물론 지금의 부모라면 "왜 그러고 사니? 당장 집으로 와라"고 하는 경우가 많을 것입니다. 하지만 타들어가는 부모 마음은 그때나 지금이나 다르지 않습니다.

오래전에 어머니가 혼기가 찬 딸을 데리고 상담하러 온 적이 있습니다. 어머니의 말로는 딸의 정신이 이상해졌으니 진찰해서 고쳐달랍니다. 딸과 마주앉아 어머니가 이상하다고 주장하는 부분에 대한 설명을 들었습니다.

이 아가씨는 어머니와 함께 미국을 다녀왔답니다. 좋은 혼처가 있어 직접 가서 선을 보기 위해서였습니다. 2주 동안 미국에 체류하면서 신랑 후보와 여행도 다니면서 사귀었습니다. 아가씨의 마음에도 들어 약혼 언약을 하고 귀국 비행기에 올랐습니다.

문제는 비행기 안에서 일어났습니다. 곁에 탄 승객과 친분이 생겼는데 맞선을 보고 온 신랑 후보보다 훨씬 매력적이고 마음이 갔다는 것입니다. 그래서 어머니에게 약혼 언약을 물리고 이 남자와 결혼하고 싶다고 했더니 정신과로 데려왔다는군요.

당시의 어머니로서는 그럴 수도 있었음직한 행동이라 봅니다. 하지만 아가씨의 말을 다 들은 나는 그녀가 정신에 이상이 있다는 점을 발견하지 못했습니다. 그녀가 나에게 말했습니다. "선생님 사과 하나를 사도 골라서 사고 맛이 없으면 물리기도 하잖아요."

한번은 결혼 10년차의 부인이 응급실을 통해 정신과에 입원했습니다. 남편의 폭력 때문이었습니다. 온몸에 든 피멍으로 봐서는 간단한 폭력이 아니었습니다. 더구나 부인은 심한 우울증도 앓고 있었습니다. 부인은 입원을 앞두고 다음과 같은 요청을 했습니다. "남편이 와서 아무리 면회를 하게 해달라고 사정해도 허락해주지 마세요. 이혼할 겁니다."

나는 흔쾌히 약속하고 자의 입원을 시켰습니다.

아니나 다를까 사흘이 지나자 남편이란 분이 찾아왔습니다. 부부간 일로 의사 선생님을 괴롭혀 죄송하다는 남편은 면회를 요청했습니다. 나는 부인과의 약속을 이유로 사절했습니다. 하지만 남편은 면회가 아니더라도 문틈으로나마 먼발치에서 부인을 한 번만 보고 갈 수 없겠냐며 간청했습니다. 그 정도는 별 문제 없으리라 생각하여 허락했습니다.

그런데 그날 저녁 회진에서 부인이 갑자기 퇴원을 요청했습니다. "우리 집 양반은 어쩌다 나를 때리기도 하지만 잘해줄 때가 더 많아요. 잘해줄 때를 생각하면 이 정도는……."

남편을 봤던 것은 아닙니다. 매를 맞고도 시간이 지나 다시 남편에게 돌아가는 습관이었습니다. 결국 그녀는 자신이 원하는 대로 퇴원했습니다. 무엇을 그리 잘해주기에 가정폭력까지 감수할까요? 함께 살면서 부대끼고 엉키는 부부 사이의 일이란 여간 복잡하지 않습니다.

평생 함께할 결혼을 위해, 만날 때 잘 만나야 하고, 사귈 때 잘 사귀어야 합니다. 만나서 사귀는 동안 내가 원하는 상대의 모습을 찾으려고만 하면 곤란해질 수 있습니다. 결혼은 서로가 서로에게 적응하는 일입니다. 나를 중심에 놓고 상대의 모습만 본다면 긴 결혼 생활 동안 감정의 골이 깊어질 수 있습니다.

내가 원하는 상대의 모습도 중요하지만, 상대가 원하는 나의 모습 또한 알아야 합니다. 결혼은 상호 노력을 위한 언약입니다. 그 노력이 결실을 맺어갈 때마다 행복을 느낀다면 가장 이상적인 결혼이겠죠.

삶은 예상대로 되어가지 않기에 결혼 후 커다란 실망과 함께 불행을 겪기도 합니다. 불행한 결혼이라면 파혼이나 이혼 역시 적극적으로 행복을 찾는 방법일 수 있습니다. 하지만 가장 심사숙고 해야 할 인생의 역경이기도 합니다.

결혼과 마찬가지로 이혼 역시 본인의 선택입니다. 그러니 이혼 이라는 선택에 무게를 더 실을 이유도 덜 실을 이유도 없습니다. 결국 당사자만이 해결할 수 있는 일입니다.

예전보다는 이혼이 익숙해졌고 이혼한 사람에 대한 선입견도 많이 줄기는 했습니다. 하지만 이혼은 이전에도 그랬고 지금도 여전히 선택의 문제입니다.

혹시 이혼을 생각한다면, 스스로 이혼의 이유를 명확히 해야 합니다. 완전히 결정된 후 번복하기 어려운 것으로 치자면 결혼 못지않은 것이 이혼이기 때문입니다.

아내의 비난을
처음부터
끝까지
들어보세요

/ 편지 38

　　금실 좋은 부부도 따로 이야기를 나누어보면 서로
에 대해 생각하는 바가 다른 경우가 많습니다. 부부가 맞나 싶을
만큼 너무 다른 의견을 말하기도 하고, 심지어 같은 사실을 두고
기억이 엇갈리기도 합니다. 따로 꼼수가 있기보다는 부부라 해도
각자가 느끼는 내용이 다르기 때문이죠.

　나 역시 그런 경험이 많습니다. 같은 시공간에서 겪은 일인데
아내와 내가 기억하는 내용이 서로 그렇게 다를 수 있다니, 참 의
아해집니다. 특히 아내는 삼사십 대를 기억해보라 하면 머릿속이
휑하다고 표현합니다. 그만큼 힘들고 정신없이 지나간 시기니 문

지도 말라는 뜻이죠. 그런 말이 나로서는 참 민망하고 죄스럽고 미안하고, 여러 가지 마음이 들게 합니다.

나 또한 삼사십 대를 기억해볼라치면 머릿속이 휑할 만큼 바쁘게 보냈습니다. 그러니 나는 나대로 아내는 아내대로 우리가 함께 고생했다고 생각합니다. 하지만 이런 이야기를 하다 보면 아내는 여지없이 자기가 고생을 더 많이 했다고 합니다. 그렇게 각인되어 있습니다. 그런데 내가 반박할 일이 아닙니다. 아내의 기억에 남은 젊은 시절이 그렇다고 하니까요. 결국 나 때문인 것 같아 미안해집니다.

나는 추억이라 생각하고 지난 일을 꺼내지만 이야기하다 보면 역시 아내에게서는 억울한 감정이 많이 묻어나옵니다. 이럴 때 내가 사실이 그렇지 않았다거나 하는 말을 하면 아내의 휑한 감정은 증폭되어 마치 자동차의 액셀을 밟은 듯 반박하는 말들이 줄줄이 엮여 나옵니다.

나로서는 괜한 이야기를 꺼냈나 싶은 생각이 들지만 이미 멈출 수가 없습니다. 말과 함께 억울한 감정과 분노까지 표출되면서 마치 그때는 할 수 없었던 말을 이제는 할 수 있다는 듯 작심한 듯 증폭됩니다.

그런 마음을 품고 살았을 아내를 생각하면 안쓰럽습니다. 이제는 우리 가정이 모두 안정되어 추억 삼아 말하면서 살 법도 한데 그렇지 않다니, 역시 내가 미안해집니다. 아내의 마음을 풀어주기 위해서는 그저 들어주는 것이 제일입니다.

하고 싶었던 말일 테니 하는 것이고, 이미 지나간 일이니 굳이 시시비비를 따질 필요도 없습니다. 사람이 사람을 다 이해해준다는 것은 사실 불가능합니다. 어쩌면 사람은 서로가 이해해주기 전에 먼저 받아들여야 할 존재라는 생각이 듭니다. 그렇게 상대를 받아들인다는 생각으로 가만히 듣다 보면 아내도 풀리고 나도 풀립니다. 무엇을 어찌 해보려고 따지고 들다 보면 또 다른 앙금이 생길 수 있습니다. 이제는 그럴 수 있는 나이라서 그렇게 합니다. 아직까지 내 옆에서 이렇게 서운한 감정을 토로하는 아내가 있다는 것만으로도 여간 고맙지 않습니다.

중국에 후스(胡適)라는 유명한 석학이 있었습니다. 주미 중국 대사를 지낸 사람이기도 합니다. 그런데 부인은 무학에 옛 풍습을 따른 전족(纏足) 여성이었습니다. 당시 많은 지도층 인사들이 신여성과 새로 결혼했지만 후스만은 조강지처를 고수했습니다.

그래서인지 그가 주미 대사로 임명되었을 때 외교가에서 큰 우려를 표명했다고 합니다. 대사도 대사지만 대사 부인이 맡아야 할 사교계의 위치를 감안한다면 구닥다리 전족에 무학 여성은 어울리지 않는다는 주장이었습니다.

하지만 아무도 예상하지 못한 일이 일어났습니다. 후스의 아내가 외교가에서 보여준 솜씨는 대사를 능가했습니다. 비결은 그녀의 음식 솜씨였습니다. 후스의 아내는 친정 고향에서 가져온 무쇠 가마솥에 중국 전통의 맛있는 음식을 만들어 대접했고 금세 입소문이 자자해졌습니다. 그 음식 맛을 보기 위해 더 많은 외교관들이 운집했다고 합니다.

그런 부인과 일생을 살고 임종이 가까워진 후스는 남편들을 향한 삼종사덕의 말을 남겼습니다.

(1) 부인이 외출할 때 꼭 모시고 다녀라. (2) 부인의 명령에 무조건 복종하라. (3) 부인이 아무리 말 같지 않은 소리를 해도 맹종하라.

지금의 아내들이 들으면 참 좋아할 말들입니다. 남성 우위의 사상이 팽배했던 당시로서는 꽤 놀라운 유언이었습니다. 여기에 네 가지 덕을 덧붙였습니다.

(1) 부인이 화장할 때 불평하지 말고 끝날 때까지 기다려라. (2) 부인의 생일을 절대 잊지 말라. (3) 부인에게 야단맞을 때 쓸데없이 말대꾸하지 말라. (4) 부인이 쓰는 돈을 아까워해서는 안 된다.

후스가 평소에 그렇게 살았는지 아니면 그렇게 살지 못해서 남긴 유언인지는 잘 모르겠습니다. 어쨌든 이를 지키는 남편이라면 나처럼 아내의 머리를 휑하게 만들지는 않겠죠.

남편에 대한 부인의 비난을 반복되는 잔소리나 바가지로 여길 수 있습니다. 하지만 그렇게 생각하기 전에, 정말 단 한 번이라도 부인의 말을 처음부터 끝까지 경청한 적이 있는지 반문해봅시다.

설사 남편 입장에서 납득이 안 가는 부분이 있다 해도, 왜 그렇게 화가 났는지는 파악할 수 있어야 합니다. 그리고 무엇보다 충분히 들어준다는 것 자체가 아내의 감정이 풀리게 합니다. 그러니 단 한 번이라도 제대로 진지하게 끝까지 들어줄 필요가 있습니다. 아내가 원하는 것이 단지 그것일 수도 있습니다.

부부간에 경청과 관련해서 실제로 어려움을 겪는 이들이 많습니다. 아무리 참고 끝까지 들어주려 해도 상대에게 화가 나고 답답하고 울화가 치밀고는 합니다. 참고 듣는다 해도 결국 일그러진 표정에 다 나타납니다. 다 듣고 결정해도 되는데, 말이 이치에 맞지 않는다고 또는 기분이 나쁘다고 중간에 끊으면, 결국 본론을 모두 못 듣게 됩니다.

그래서 나는 상담을 해온 부부들에게 시간을 정하고 이야기할 것을 권했습니다. '오늘은 어떠한 일이 있어도 내 얘기를 들어야 한다'는 취지로 한 사람의 이야기를 다 들어주고, 다른 날에는 역할을 바꾸어 말하고 들어주고, 또 다른 날에는 같이 이야기하는 방법입니다.

부부간에 경청이 필요하다고 해서, 무작정 참고 듣는다고 해결되지는 않습니다. 시간을 두고 합리적으로 동등한 기회를 주면 격앙되는 감정도 줄고 좀 더 차분히 말할 수 있습니다.

그리고 무엇보다 함께 대화를 해나갈 나름의 가장 좋은 방법을 찾을 수 있습니다.

내 친지 가운데 한국화를 그리는 화가가 있습니다.
로천(鷺泉) 김대규(金大圭)란 분입니다. 그림뿐 아니라 조각도 하며
소리꾼이기도 합니다. 재주가 참 많은 분이죠. 한번은 그가 회갑
을 맞아 전시회를 여니 초대하겠다는 초청장을 보내 왔습니다.
고향은 아니지만 그는 제주도 서귀포에 둥지를 틀고 문화 활동
을 하고 있습니다.

나는 시간을 내어 제주도로 갔습니다. 전시회 제목이 'Image
60 회고전'이었습니다. 그가 60년 세월을 살아오면서 나이테에 남
은 60명을 그린 초상화전이었습니다. 그림 옆에는 모델이 된 사람

의 실명과 화가가 품고 있던 압축된 인상도 적혀 있었습니다.

그가 살아온 인생에서 만난 사람이 어찌 60명뿐이겠습니까. 스스로 생각해서 가슴에 남아 있는 분을 골라 60장을 그렸다고 합니다. 숫자는 그렇게 회갑과 맞추었을 뿐이죠. 그가 앞으로 100세를 산다면 또 100분을 기억하고 그린 회고전이 열릴 것입니다.

전시를 둘러보다 내 초상화도 걸려 있는 것을 발견해 놀랐습니다. 내심 고맙고 즐거웠습니다. 나라는 존재가 다른 사람의 마음속에 긍정적인 모습으로 남아 있다는 것은 정말 즐거운 일입니다.

"제 일생에 깊은 인연으로 와주신 분들을 회상하며 여전히 존경과 사랑을 확인합니다." 작가가 적은 초대의 말입니다. 그 60명의 면면을 보면 어머니를 비롯한 가족, 사찰 공부를 하면서 만난 인연, 그를 지도했던 분, 동료로서 함께 어울렸던 분, 평범한 일상을 나눈 분들입니다. 모두가 소중한 인연이죠.

요즈음 우리 사회에 외래어가 많이 스며들어 있습니다. '네트워크'도 그중 하나입니다. 일차적인 말뜻은 그물망 정도가 됩니다. 처음에는 통신망, 정보망 정도로 쓰이다가 요즘에는 사람과 사람들이 그물처럼 얽힌 인맥망의 의미로 확대되었습니다.

나는 이 네트워크의 본질을 '인연'으로 보고 있습니다. 저마다 인연이 있어 연결되었기 때문이죠. 걸려고 하는 인(因)이 있다면 걸림을 받을 연(緣)도 있어야 합니다. 인과 연은 그물의 씨줄과 날줄과도 같습니다. 둘이 서로 만나 얽히고 또 만나 얽히다 보면 그물이 됩니다. 그러니 인만 있고 연이 없다면 그리고 연만 있고 인이 없다면 그물이 만들어지지 않습니다. 네트워킹이 불가능한 것이죠.

내 큰손자는 사춘기 때 많이 힘들어했습니다. 그래서 부모와 우리 내외가 의논해 오랜 여행을 보내기로 했습니다. 10년 전에 그를 떠나보내면서 나는 편지 한 장과 얼마간의 용돈을 준 적이 있습니다. 요즈음 그가 이 편지를 다시 읽고 나에게 메일을 보냈습니다.

"할아버지와 나눈 대화 중에 이 말이 인상 깊었습니다. '들을 준비가 안 된 사람에게 아무리 말해보았자 듣지 않는다.' 저야말로 그동안 할아버지의 말을 들을 준비가 안 되어 있었던 것 같습니다."

이제야 내가 했던 말이 들렸나 봅니다. 단순히 혈연으로 연결된 가족 간 네트워킹에서 이제는 서로 정서적 인연이 닿은, 사람과 사람 사이의 네트워킹이 된 셈이라고 느꼈습니다.

나는 5가구 13명이 뜻을 모아 한집을 짓고 함께 살고 있습니다. 단순히 같이 산다는 의미라기보다는 일종의 가족 네트워킹이라고 생각합니다. 하지만 네트워킹은 이렇게 꼭 물리적으로 가까이 함께해야 하는 것만을 의미하지 않습니다. 오래전에 읽은 앨빈 토플러의 저서 《제3의 물결》에서 예견했듯이 이제 가족은 거리와 상관없이 연결될 수 있는 관계가 되었습니다. 따로 떨어져 살든 함께 살든, 기술이 네트워킹을 가능하게 해줍니다. 서로가 닿아 있는 면적을 넓히게 된 것이죠.

우리 가족 또한 한집에 산다고 늘 자주 보는 것은 아닙니다. 위층 아래층에 나눠 살면서 저마다 바쁘게 살고 있죠. 이메일이나 가족 게시판을 통해 서로 연락하고 공유하며 살고 있습니다.

관계란 묘해서 가까이 있어도 내 가슴에 담기지 않는 가족이 있는가 하면 멀리 있어도 항상 내 가슴에 담기는 가족이 있습니다. 아무리 가족이라도 사람이면 어쩔 수 없는 것이 감정이고 관계일 테니까요. 그러니 물리적으로 가까운 위치에 있으면서 정서적인 네트워킹도 가능한 가족이라면 그보다 더 좋은 가족은 없을 것입니다.

하지만 가까운 가족일수록 서로 기대하는 소망이 달라 사랑과 미움 역시 항상 함께합니다. 차라리 남이라면 끝내든 풀든 해결이 쉬울 텐데 혈연이란 질긴 인연은 애증을 동반하며 갈등의 골을 더 깊이 파게 하기도 합니다.

'기술이 사람을 향한다'라는 광고 카피를 본 적이 있습니다. 우리가 누리는 정보화사회의 가장 큰 혜택이 사람 그중에서도 가족을 향하지 않을 이유가 없죠. 한지붕이라 하면 이제 함께 모여 사는 공간만이 아닐 것입니다.

네트워킹이 가능하다면 지구 반대편에 있어도 한공간에 있는 듯 인연을 이을 수 있는 세상입니다. 인터넷이나 스마트폰이 이미 네트워킹의 매개자가 된 지 오래입니다. 그만큼 가족 간에 친지간에 연을 맺어갈 수 있는 끈이 많아졌습니다. 조금만 관심을 가지면 그리 어렵지 않게 장소에 구애받지 않고 함께 있을 수 있습니다.

기계를 다루는 것이 어려울 수도 있지만, 사실 부담을 버리면 생각보다 쉽다는 것을 알 수 있습니다. 또한 자녀의 도움으로 배워보는 시간 역시 함께하는 또 다른 즐거움이 될 수 있습니다.

알 만큼 안다고
생각한다면
이제 늙은 것입니다

/ 편지 40

　　　　　나이 들어간다는 것은 나이테처럼 켜켜이 경험이 쌓
인다는 말과 같습니다. 어찌 경험뿐이겠습니까? 배워서 안 지식
또한 숙성되어갑니다.

　'노인의 말은 맞지 않는 것이 없다'는 영국 속담이 있습니다.
잘 숙성된 지식과 연륜에 맞는 경험을 겸비한 사람에게 잘 어울
릴 말입니다. 그러나 어릴 적부터 인터넷으로 전 세계와 소통하
는 요즘 같은 정보화 시대에 이런 말을 고집한다면 반론이 적지
않겠죠.

　우선 중년 이후의 기성세대와 지금의 청년들 사이에 존재하는

시대적 괴리가 너무 큽니다. 경험의 내용이 너무 달라 공감이 서로 어려운 경우가 많습니다. 노인 세대가 소득 100달러 시대를 보냈다면 지금의 청년들은 소득 2만 달러 시대에 살고 있습니다. 노인들에게 절약이 습관이라면 청년들은 소비에 익숙합니다. 그만큼 상이한 세대입니다.

또한 요즘의 노인은 숙성된 지식과 경륜을 온전히 나눌 기회조차 적습니다. 이전의 공동체와는 무척이나 달라졌기 때문이죠. 대부분 핵가족으로 살고 있으며 개인화되어 있습니다. 시골 마을로 치면 고작 몇 집 정도 사는 공간에 하늘 높이 아파트를 올려 그 안에 수십 수백 세대가 삽니다. 하지만 옆집에 누가 사는지조차 모르는 경우가 허다하죠.

의학의 발달로 평균 수명이 길어졌지만 그렇다고 건강하고 활기 있는 노년 자체가 길어진 것도 아닙니다. 노령화 사회를 맞아 노환을 겪는 인구가 그만큼 늘었고 지식이나 경륜을 나누기가 버거운 노인들 역시 많습니다.

그리고 지식과 경험은 가만히 있기만 하면 저절로 쌓이는 것이 아닙니다. 각고의 노력이 있어야 지식은 내 것이 되고, 차근차근 올바르게 잘 쌓아야 유용한 경륜이 됩니다.

나이가 들었다는 것은 경험이 축적되었다는 것이지, 새로운 정보를 더 많이 안다는 뜻은 결코 아닙니다. 결국 나이가 들어가도 새로운 것에 귀를 열 줄 알아야 합니다. 이미 알 만큼 안다고 생각한다면, 그것은 사회적으로 늙어간다는 뜻이기도 합니다. 새로운 것을 꼭 알아야 할 필요도 없지만, 그렇다고 배척할 이유는 없습니다.

도가에 이르기를 "내가 도에 이르렀다고 생각한다면 그런 생각을 하는 순간이 곧 나락이다"라고 하였습니다. 알 만큼 안다고 생각한다면 이것이 곧 도그마가 된다는 뜻일 것입니다. 흔히 잘 익은 벼가 고개를 숙인다고 합니다. 알수록 모르는 것 또한 많아집니다. 그러니 알수록 겸손해지는 법입니다.

나는 젊었을 때 내가 참 많이 안다고 생각했습니다. 하지만 나이가 들면서 많이 안다는 점에 자신이 없어졌습니다. 고작 앞서간 몇 학자들의 이론을 그것도 부분적으로 이해했을 뿐인데 다 안다고 느꼈던 것이 부끄러워졌습니다. 나이가 드니 자연스럽게 고개가 숙여졌습니다. 잘 익어서 그런 것이 아니라 스스로 미흡한 모습을 알게 되니 더 이상 고개 들기가 힘들었습니다.

그러고 보니 재미있는 기억이 하나 떠오르네요. 의과대학에 다닐 때 과목도 많았지만 시험 또한 엄청나게 많았습니다. 그래서 공부를 다 하지 못한 상태에서 시험을 봐야 하기도 했습니다. 한

번은 답안지에 적을 내용이 도저히 떠오르지 않는 시험 문제가 나와서, 책에 그 내용이 있다는 뜻으로 'in the book'이라고 적었습니다. 교수님에게 미안하기도 했고 미처 책을 읽지 못한 데 대한 자책으로 적었던 것이죠.

그런데 교수님이 나를 따로 부르셨습니다. 교수님은 내가 쓴 답 'in the book'을 꽤나 과도하게 평가하고 계셨습니다. 몇 번이나 심사숙고 하신 끝에 결국 정답 처리해주셨습니다. 답이 책 속에 있다는 말이 틀리지 않으니 그렇게 하겠다고 하셨습니다. 나의 얕은 생각을 교수님은 깊게 생각해주셨습니다.

내가 교수가 되어 나처럼 고민할 학생들을 위해 모르는 문제가 나오면 'in the book'이라 쓰라고 했습니다. 그런데 그렇게 써 낸 학생은 없더군요.

우리가 알고 있는 지식은 아무리 많아 봐야 고작 한 줌 모래와 같습니다. 또한 아무리 좋은 경험이라 해도 지나간 흔적일 뿐입니다. 그런 의미에서 고개를 숙이고 지금 내 발이 딛는 곳을 살필 필요가 있습니다.

세차게 변동하는 우리 사회에 적응하자면 새로움에 부딪쳐야 합니다. 나이를 떠나 늘 새롭고자 하는 사람이 젊은이고, 오늘을 사는 사람이 더 행복합니다.

꼭 정답을 알 필요는 없습니다. 답안지에 적지 못해도 됩니다. 언제나 모름을 인정할 때 앎이 시작됩니다. 나이가 들었어도 ‘in the book’이라 말해도 됩니다.

젊은이

늘 새롭고자
하는 사람

늘 엄숙할
필요가
있을까요?

/ 편지 41

   근육과 마찬가지로 우리의 마음도 긴장과 이완을
합니다. 마음을 늦추지 않고 정신을 바짝 차리면 긴장이고, 반대
로 마음이 풀려 느즈러지면 이완입니다. 두 상태는 전혀 다르지
만 서로가 연속선상에 있습니다.

 우리 민요에 "달도 차면 기우나니"란 가사가 있습니다. 긴장이
일정 수준에 달하면 이완으로 이어지는 이치와 닮았습니다. 우리
생체는 아주 섬세한 자동제어 장치로 이루어져 있습니다. 긴장과
이완이 적절히 조정되도록 프로그램 되어 있는 것이죠. 긴장이 높
아지면 몸은 이완을 요구합니다. 또한 이완 상태가 길어지면 긴장

을 요구하게 됩니다. 이것이 생체리듬입니다.

몸이 알려주는 생체리듬만 잘 알아도 건강 유지에 많은 도움이 됩니다. 몸이 경고를 주는데도 혹사시킨다면 자동제어 자체에 문제가 생깁니다. 긴장과 이완을 관리한다는 것은 결국 생활을 관리하여 건강을 돌보는 것과 다름없습니다.

누구나 항상 긴장된 상태에서는 살 수 없습니다. 이완은 긴장의 고통을 감소시켜 다시 에너지를 비축하게 해주는 회복의 역할을 합니다. 생명으로서 삶이 이어지도록 하는 중요한 기능이죠. 쉬운 예로 며칠 밤을 새워 일하는 경우를 들 수 있습니다.

엄청난 피로를 느끼게 됩니다. 몸만 그런 것이 아니라 정신에도 혼란이 생겨 우울증 등 심리적 장애가 생길 수 있습니다. 인위적으로 72시간 이상 잠을 못 자게 한 실험에서 피험자는 정신증적 증상을 보였다고 합니다. 당연한 말이지만 사람은 늘 긴장해서 살 수가 없습니다.

그런데 우리는 사실 좀 심하다 싶을 정도로 긴장된 상태로 살고 있습니다. 심지어 이완을 위해 휴식할 때조차 긴장을 통해 스트레스를 해소하려 합니다. 유례가 없을 정도로 급속한 산업화와 경제 성장을 도모하면서, 우리는 무척이나 긴장도가 높은 사회를 만들었습니다.

지금도 크게 나아지지는 않았지만, 한때는 사십 대에 급사하는 사람들이 많았습니다. 여건이 그렇기도 했지만 긴장에 익숙해 있기만 할 뿐, 이완에 대한 개념이나 방법을 잘 모르기도 했습니다. 휴가 자체를 일의 연장으로 인식하거나, 과도한 음주 문화가 긴장 해소를 넘어 신체를 마비시키는 일도 비일비재합니다.

쉼은 몸과 마음을 이완시키는 것입니다. 그러니 너무 제대로 쉬거나 너무 제대로 즐기려고 애쓰기보다는 아무것도 안 할 자유를 취하는 것이 더 나을 수 있습니다.

우리에게는 일과 관련된 긴장뿐 아니라 또 다른 형태의 긴장도 늘 함께합니다. 바로 엄숙함입니다. 당연히 엄숙해야 할 때가 있습니다. 기념식이나 장례식이 그럴 테죠. 하지만 축제에는 신명이 있어야겠죠.

늘 엄숙한 모습을 보인다 해서 품위가 있는 것은 아닙니다. 상황과 장소에 맞게 긴장하고 이완할 수 있다면 세련된 품위가 될 것입니다.

이완된 모습이 익숙하지 않거나, 스스로 즐거운 표정과 말에 서툴러 엄숙한 사람으로 보인다고 생각한다면 유머에 익숙해지는 것이 방법입니다. 재치 있고 해학적인 말은 엄숙함을 누그려주기도 하지만 그 안에 나름의 뜻을 포함시키기도 합니다. 그러니 세련된 품위에서 유머란 절대 빠질 수 없는 요소이죠.

유머란 해학(諧謔)입니다. 익살스러우면서도 품위 있는 농담입니다. 인간만이 만끽할 수 있는 가장 수준 높은 즐거움입니다. 그래서 비난이나 놀림이 섞인 유머는 품위가 떨어지니 배제해야 합니다. 특히 분위기를 풀어보겠다고 또는 격의 없는 모습을 연출하겠다고 누구 한 사람을 놀림감으로 만들면 안 됩니다.

겉으로는 개의치 않는 모습을 보이려 모두 웃지만 누군가는 이미 안 좋은 감정을 쌓고 있고, 나머지 사람들도 은연중에 경계하게 됩니다. 결국 드러나지 않는 묘한 긴장감이 생깁니다.

유머는 시도할수록 늡니다. 물론 어설퍼서 재미가 없을 수도 있습니다. 하지만 유머에 밝은 사람일수록 유머를 시도하는 사람의 마음까지 잘 봅니다. 유머의 내용이 재미없어도 사람들은 그 안에 담긴 배려와 따뜻한 마음을 느낍니다. 어쩌면 그것만으로 충분할 수 있습니다.

사실 유머는 남보다는 나를 위한 것입니다. 심리학적으로 볼 때 우리는 마음을 보호하기 위해 자아방어기제를 사용합니다. 몸을 보호하기 위해 여러 종류의 옷을 입듯 마음을 보호하는 방어기제에도 여러 가지가 있습니다.

남의 탓만 하는 투사, 사고와 행동이 어린아이처럼 되돌아가는 퇴행, 한 생각에 매달리는 고착 등은 병리적인 방어기제입니다. 이와 달리 자아방어기제 가운데 인간으로서 가장 성숙한 형태가 유머와 승화입니다.

유머는 말의 연금술입니다. 세련미가 있고 우회적이며 듣는 이로 하여금 통찰하게 만드는 품위가 있습니다. 직설적이고 언어적 폭력에 가까운 우스갯소리는 그 말 속에 분노와 적개심이 숨어 있습니다. 그래서 독설은 유머가 될 수 없습니다.

마크 트웨인은 이렇게 말했습니다.

"모든 인간적인 것은 수심에 차 있다. 유머의 핵심은 즐거움이 아니라 슬픔이다. 그래서 천국에는 유머가 없다."

유머가 심리적 자아방어기제라는 면에서 깊은 통찰이 담긴 말입니다. 유머는 사람 간의 긴장을 풀어 이완하게 해주는 가장 멋진 방법입니다. 좀 극단적인 표현이지만 비난이나 놀림, 독설은 특정인을 재물로 삼아 축제를 여는 것일 수도 있습니다.

살면서 늘 엄숙한 사람이 될 필요는 없습니다. 그렇다고 익살맞은 사람이 되려고 애쓸 필요도 없습니다. 배려하고 경직된 분위기를 풀어주는 유머 몇 마디만으로 충분할 수 있습니다. 그러고 보니 가장 멋진 유머는 편안한 미소일 수도 있겠습니다.

가진 것은
무엇이든
나눌 수 있습니다

/ 편지 42

　　　살아오면서 빚이 없었던 사람이 있을까요? 나를 찾아왔던 한 부인이 이런 말을 했습니다.

　　"나는 이 세상을 살면서 누구에게 돈을 빌린 적도 꿔준 적도 없어요. 나는 빚이 전혀 없는 사람입니다."

　　아마도 빚을 돈으로만 국한해서 한 말이겠죠. '과연 나는 인생에서 빚을 얼마나 졌던가?' 한번쯤 생각해볼 문제입니다.

　　대학 때 강의를 들었던 은사 선생님 가운데 국회의장을 지낸 한솔 이효상 교수가 계셨습니다. 그분의 말 중에 오랫동안 기억에 남는 말이 있습니다. "인생이란 덤이다. 덤으로 사는 것이 인생이다." 생각해볼수록 심오한 말로 다가왔습니다.

우리의 존재 자체가 부모에 의해 탄생되었습니다. 우리의 부모가 인연을 맺어 결혼해 다른 누구도 아닌 나를 낳았다는 것 자체가 기적이죠. 태어난 것보다 더한 횡재가 이 세상에 있을까요? 그래서 존재란 어찌 보면 당연한 것이 아닌 엄청난 덤이라는 생각이 듭니다.

작가 이강백의 희곡《결혼》을 원작으로 한 모노드라마 연극을 본 적이 있습니다. 한 배우가 무대로 나옵니다. 관중에게 여러 소품을 하나씩 빌리더니, 그걸 가지고 이런저런 이야기를 엮어가더군요. 배우는 관중들의 물건들을 빌려 내 것처럼 사용하다 막이 내릴 때쯤 하나씩 주인에게 모두 돌려주고 무대 뒤로 사라집니다.

맨손으로 태어나서 많은 것들을 얻어 살다가 모두 돌려주고 떠나는 것이 인생이라는 표현 같았습니다. 세상을 살면서 나에게 있던 것이 모두 빌린 것에 지나지 않았다는 뜻이죠. 인생은 덤이요, 사는 동안 소유했던 것은 모두 돌려주고 떠날 빚인 셈입니다.

당장 오늘 하루를 보아도 그렇습니다. 우선 아침에 일어나 직장에 나간다는 사실 하나만을 봐도 온통 빚으로 보입니다. 일단 살았으니 숨을 쉽니다. 일생 내내 숨을 쉬지만 공기한테 빚을 졌다는 생각은 없습니다. 아침을 먹습니다. 농부가 농산물을 생산해주니 밥 한 끼를 먹을 수 있습니다. 전철이나 버스를 타고 직장에 갑니다. 교통수단에 빚을 졌습니다.

내가 교통비를 지불했으니 빚이 아니라고 생각할 수도 있겠죠. 하지만 아무리 많은 돈을 준다 해도 교통수단이 제공되지 않고 이를 운전해주는 사람이 없다면 무슨 소용이겠습니까? 농부도 그렇고 산소를 제공하는 숲도 마찬가지겠죠.

이런저런 얽힘을 생각하면 이 세상에 빚이 아닌 것이 없습니다. 세상에 빚을 갚으며 삽시다라고 하면 어떤 이는 가진 것이 없어 갚을 수 없다고도 합니다. 물질로만 생각하니 그럴 것입니다. 우리가 가진 것 중 물질은 일부일 뿐입니다. 낯선 이에게 미소를 지어 보이거나 친절한 행동을 하였다면 이미 가진 것을 베푼 것과 다르지 않습니다. 내가 받은 친절과 미소를 또 다른 이에게 갚은 셈이죠.

봉사와 나눔이란 특별한 것이 아닙니다. 내가 가진 것 못지않게 줄 수 있는 것 또한 있다는 자각에서 시작됩니다. 결코 여분의 시간과 재물로 하는 것이 아닙니다. 지금 내가 가지고 있는 것에서 떼어서 주면 됩니다. 처음에는 부담스러울 수 있지만, 한번 해본 사람은 또 한다는 점을 보아야 합니다. 그만큼 즐겁다는 뜻이죠.

'가진 것이 없는가?' 자문자답해볼 만한 질문입니다. 시간을 내어 가진 것을 모두 한번 적어보면 어떨까요? 써내려가다 보면 노트 한 권 분량이 나올 수도 있습니다.

내가 가진 것은 보지 않고 없는 것만 보는 인생은 불행합니다. 그런 인생에서는 눈을 씻고 봐도 나눌 것이 있을 리 만무합니다. 대부분의 종교가 나눔과 봉사를 가르치고 권합니다. 기독교에서는 "내가 남에게 바라는 대로 남에게 해주라"고 합니다.

불교에서는 물질이 아니어도 베풀 수 있는 일곱 가지 보시를 무재칠시(無財七施)라 합니다. 부드럽고 편안한 눈빛, 자비롭게 미소 띤 얼굴, 공손하고 아름다운 말씨, 친절한 행동, 착하고 어진 마음, 편한 자리를 양보하는 자세, 잠 잘 곳을 제공해주는 배려가 그것입니다. 사람이 사람에게 기본적으로 해줄 수 있는 나눔입니다.

힌두교에서는 나눔과 같은 선업을 쌓아야 내세에도 사람으로 태어나는 윤회를 하게 된다고 가르칩니다. 어찌 보면 사람이 되기 위한 가장 기본적 조건이라는 뜻일 수 있습니다. 티베트의 위대한 스승 아티샤는 이런 지혜를 우리에게 주었습니다.

"항상 남들이 우리에게 보여준 친절을 기억해야 하고, 또 그들이 필요로 할 때 우리는 받은 친절을 돌려주어야 한다."

남의 친절과 호의를 받고도 갚을 마음이 없다면 평생을 빚쟁이로 사는 격입니다. 꼭 그 사람이 아니더라도 빚을 갚는 마음으로 또 다른 이에게 베풀 수 있습니다. 사실 이 세상에서 남는 것으로 돕는 사람은 없습니다. 애초에 내 것이 없기 때문이죠.

빈 몸으로 와서 빈 몸으로 떠나는 인생이라면, 있을 때 나누어야 하지 않을까요? 이왕이면 더 필요한 사람에게 준다면 그보다 값진 일이 있을까요? 나눌 수 있는 것을 나누는 게 아니라, 가진 것이라면 무엇이든 나눌 수 있습니다.

4부

행복하게 / 떠날 / 준비를 / 하는 / 그대에게

인생의 사계절이 끝나가는 겨울에
우리는 더 자유로워질 필요가 있습니다.
노년의 자유는 평온을 줍니다.
나 역시 노년이라는 마지막 계절을 보내며
느끼는 소회를 당신과 나누고자 합니다.
그리고 함께 봄을 이야기하고 싶습니다.
이런 마음을 담아 나의 편지를 여기에 담았습니다.

나 자신과
많은 시간을
가져야 할 때입니다

/ 편지 43

　　대화란 사람들이 서로 마주 대하고 이야기하는 것
입니다. 내가 있고 타인이 있어야 합니다. 내가 말하면 타인이
듣고 타인이 말하면 내가 듣는 과정에서 공감하기도 하고, 이질
감을 느끼고 이해를 못 할 수도 있습니다. 어쨌든 이 모든 것이
대화입니다.

　　더 단순히 생각해보면, 소리를 내어 말하는 입이 있어야 하고
그 소리를 듣는 귀가 있어야 합니다. 그리고 입과 귀만 필요한
것이 아니라 이 내용을 담아 저장할 공간이 필요합니다. 그러자
면 이런 자극을 받아 전달하는 통로도 있어야 하겠고, 전달된

정보를 저장하는 공간도 있어야 합니다. 그런 기능을 우리 뇌가 합니다.

신경망을 통해 전달되면 뇌는 저장하고 회상합니다. 마치 정보를 입출력하는 컴퓨터처럼 느껴집니다. 그러나 한 가지 컴퓨터와 다른 점이 있습니다. 인간은 정서에 따라 자극이 전달되기도 하고 저장한 기억을 회상시키지 않기도 합니다. 즉 저장된 정보는 그 사람의 정서에 따라 떠오르기도 잊히기도 바뀌기도 합니다.

저장된 정보가 정서에 의해 크게 왜곡되는 경우를 정신과 환자 중에서 볼 수 있습니다. 특히 대화의 대상이 없는데도 혼자 말하고 혼자 대답하는 사람의 경우 자폐적 사고를 가졌다고 추론되기도 합니다.

물론 특별한 이유 없이 일상적으로 혼잣말을 중얼거리는 버릇이 있는 사람도 있기에 일반화할 수는 없습니다. 심각하다고 볼 수 있는 경우는 오로지 자신의 사고 체계에 갇혀 거기에 맞는 대화만 할 때입니다. 내 안에 또 다른 내가 있거나 타인이 있다고 인식하는 경우죠. 당연히 남들은 이런 대화를 알아듣지 못합니다. 자신 안에 갇혀 오로지 자신과만 대화를 나누고 감정을 나눌 뿐입니다.

또한 이와 다르게 두려움 때문에 밖으로 나오지 못하는 사람도 있습니다. 대인과의 관계에 염증이나 공포를 느껴 자꾸 자기 안으로 침잠하는 경우가 그렇습니다. 자폐성이라기보다는 스스로 만든 감옥 안에 들어앉은 형국이라 오히려 더 딱하다고 할 수 있습니다.

이렇게 우리는 타인과의 소통과 접촉이라는 문제를 두고 밖으로 나가기도 하고 안으로 숨기도 합니다. 관련해서 큰 문제를 겪지 않는 대부분의 사람들은 그동안 자신이 습득한 대화 방식과 기술을 통해 타인과 소통합니다. 개인이 학습한 방식이니 개인에 따라 대화의 습관 역시 모두 다릅니다. 그러다 보니 말을 주고받는 과정에서 오해와 갈등이 생기기도 합니다.

이렇게 과정을 따져보면 이래저래 복잡하기도 하지만, 아무튼 그 많은 생각과 말을 누가 하는 것일까요? 당연히 생각할 필요도 없이 '나'입니다. 생각을 하고 말을 하는 주체가 나이니까요. 그런데 우리는 이런 중요한 나 자신과 얼마나 많은 시간을 보낼까요? 내가 나이니까 24시간 내내 함께한다고 할 수 있을까요?

이런 말씀을 드리는 이유는 내가 나임을 잊고 사는 시간 역시 적지 않기 때문입니다. 또는 나 스스로와 온전히 시간을 보내고 싶은 때도 있습니다. 가령 부부간에 갈등이 생기고 다툼이 표면화되면 "지금 나 혼자 있고 싶어"란 말을 하기도 합니다. 단지 다투는 대상과 물리적 거리를 두고 싶다는 뜻만 포함하지 않습니다. 나 혼자서 나하고만 시간을 갖고 대화를 하며 복잡한 생각과 상황을 정리하고 싶다는 의미입니다.

자폐성이나 대인 기피증처럼 자신 안에만 머무는 것도 문제지만, 건강한 사람이라면 출타했다가 집으로 돌아와 쉬듯이, 주기적으로 자신 안에 머물며 자아를 회복시키고, 타인의 관점이 아닌 자신만의 관점으로 나를 점검할 시간이 필요합니다.

특히 다툼이 생기거나 다양한 갈등을 겪을 경우에 타인의 조언과 위로도 귀담아 듣고 받아들여야 하겠지만, 그 못지않게 나 자신과의 시간도 꼭 필요합니다. 타인의 도움이 필요한 상황도 있지만, 내적인 갈등이나 불안 심리를 겪고 있다면 그런 자신을 차분하게 스스로 다독일 줄 알아야 합니다.

잠깐의 시간이라 해도 갈등 해결에는 긍정적 효과가 큽니다. 반면에 부부 사이나 친지 사이에도 갈등이 생기거나 상대가 심리적으로 동요하는 경우, 혼자만의 시간을 정도껏 제공해주는 배려가 필요합니다.

소통이란 각각의 내가 자신의 울타리 밖으로 나와서 만나는 일입니다. 일단 내가 불안한 상태라면 타인과의 소통이 제대로 이루어지기가 힘듭니다.

오래전부터 방문하고 있는 네팔이지만 늘 새롭고 신기하게 느끼는 면이 있습니다. 함께 다녀온 사람들 중 많은 이들이 그곳에서 나 자신과 만난 체험을 고백하는 경우가 많았습니다. 더구나 일시적인 체험이 아닌 인생의 변화로 이어지는 사람들을 여럿 보았습니다. 네팔에서 새로운 나를 만나 인생을 바꾼 경우였습니다.

네팔을 먼저 가 본 내가 이러저러하라 가르쳐준 것도 없었습니다. 신기하게도 사람들은 내가 설명할 수 있는 것보다 더 크고 깊은 통찰을 가지고 돌아옵니다. 어찌 그럴 수 있을까 하고 생각해보았습니다. 아마도 네팔이란 곳이 더욱이 히말라야란 거대한 산이 우리로 하여금 스스로 자신과 만나보도록 만드는 힘이 있나 하고 유추해볼 뿐입니다.

네팔 사람들은 75세를 넘겨 인생의 마지막 단계에 이르면 모든 것으로부터 자유로워져야 한다고 말합니다. 나이가 그렇다고 자유로움이 그냥 오지는 않을 것입니다. 자유. 나 역시 네팔 사람들이 말하는 75세를 넘기고 보니 그들이 말하는 자유가 조금씩 보이는 것 같습니다.

그것은 나의 모습에 얽매이지 않고 나를 있는 그대로 만날 수 있는 자유가 아닐까 합니다. 아무리 편한 사람들과 함께 있으면 무엇할까요? 늘 함께 있는 나 스스로가 편하지 않으면 소용없습니다.

내가 나의 공간을 갖고 나의 시간을 갖고 그리고 나와 내가 대화를 해볼 수 있다면 통찰에 이르는 길은 그리 어렵지 않습니다. 내가 나임을 깨닫고 나를 편하게 대하며 살아갈 수 있다면 정말 자유로운 마음이 깃들 것 같습니다.

내가 나를 편하게 대할 수 있어 나라는 존재가 속박이 되지 않는 상태. 나를 온전히 알아가는 상태. 이는 죽음으로부터 자유로워지는 것과 다르지 않습니다. 그래서 노년에는 자신과 많은 시간을 가지고 대화를 해야 합니다.

소통

자신의
울타리
밖으로나와
만나는일

스마트하게
나이 들 수
있습니다

/ 편지 44

요즈음 스마트란 용어를 사람들이 참 많이 씁니다.
아마도 스마트폰이 보급되면서 여러 곳에서 넓게 쓰이는 것 같
습니다. 우리가 쓰고 있는 일상용어 중에 외래어는 넘칠 만큼
많습니다. 그래서 굳이 정확한 뜻을 알고 쓰는 경우가 줄기도
했습니다. 하지만 '스마트'란 말은 이제 그 나름의 뜻이 견고해졌
고, 우리말로 순화해 쓰기도 어색할 만큼 폭넓게 통용되고 있
습니다.

스마트(smart)란 원래 형용사로 '쿡쿡 쑤시는, 욱신욱신한, 센,
호된'과 같은 뜻을 가졌고 '날렵한, 약삭빠른, 교활한' 등의 의미

도 가지고 있습니다. '영리한'이라든지 '세련된'이란 뜻은 단어 뜻의 뒷자리를 차지하고 있습니다. 스마트의 명사형인 스마트니스(smartness)쯤 가서야 '세련됨, 빈틈없음'이란 뜻이 주가 됩니다.

스마트는 이제 전자기기에만 국한된 말이 아니라고 생각합니다. 시대의 가장 큰 변화상을 담은 단어라고 생각합니다. 오늘날 우리가 누리는 많은 편의들은 나름대로 스마트한 것들을 개척하고 개발한 결과이기도 합니다. 스마트해지는 만큼 더 많은 것들이 가능해지는 시대인 것이죠.

나는 스마트라는 말이 젊은 사람들에게만 해당된다고 보지 않습니다. 스마트는 사람 자체가 영리하다는 뜻으로 쓰일 수도 있지만, 오늘날에는 불편한 것을 영리하게 해결해준다는 뜻이 더 중요하다고 봅니다. 노인이라고 해서 스마트해지지 못할 이유는 없습니다. 스마트는 부여되는 자격이 아니라, 선택할 수단이기 때문입니다.

더 나아가 나는 스마트하게 나이 들기를 권합니다. 스마트란 단어에 어울리게 나는 이를 스마트 에이징(SMART AGING)이라 이름 붙였습니다. 이제는 인생 이모작이라고 합니다. 건강한 노인으로 제2의 인생을 살 수 있다면 그 이상의 행복이 있겠습니까? 활기차게도 살 수 있고, 즐겁게도 살 수 있고, 편안하게도 살 수 있습니다. 나는 이 모두를 아울러 스마트하게 살면 좋겠다고 생각합니다.

스마트 에이징은 스마트에 에이징을 합성한 말입니다. 에이징(aging)이란 단어는 원래 노인을 연상시키는 노화를 뜻하지만 더 정확히는 '나이 듦'이란 뜻입니다. 그러니 반드시 노화만을 의미하지도 않습니다.

한 살배기가 두 살이 되어도 나이 듦이란 개념으로 본다면 삶은 처음부터 끝까지 에이징 그 자체로 볼 수 있습니다. 그러니 생애 주기의 어느 단계 할 것 없이 모든 과정이 에이징(나이 듦)에 해당합니다.

이런 의미에서 나는 인생 이모작, 제2의 인생 설계를 오늘 지금부터 시작하기 위한 스마트 에이징 프로그램을 권해오고 있습니다. 이에 대한 구체적인 설명을 위해, SMART의 다섯 자 알파벳마다 특별한 의미를 부여했습니다.

S(Simplifying, 단순화하기), M(Moving, 움직이기), A(Affecting, 마음을 유연화하기), R(Relaxing, 몸과 마음을 이완하기), T(Together-ing, 함께하고 나누기).

다시 하나씩 살펴보겠습니다.

S(Simplifying)는 단순화하기, 간소화하기, 검소화하기, 성실하

기, 정직하기 등의 의미를 갖고 있습니다. 생각을 단순화하면 긍정적으로 생기는 덕목들입니다. 머리가 복잡해지면 망상으로 이어질 수 있습니다. 나이가 들수록 복잡한 생각은 오히려 생산성을 떨어뜨리기도 합니다.

생각의 단순화는 그냥 되는 대로 쉽게 생각하자는 뜻이 아닙니다. 나름의 노력을 통해 집착은 덜어내고 단순하게 명확한 결정과 판단을 할 필요가 있다는 뜻입니다. 그러면 긍정적인 생각으로 집중되어 더 나은 삶을 가꾸는 데 도움이 됩니다.

M(Moving)은 움직이기, 운동, 활동을 의미합니다. 나이 듦에 따라 어쩔 수 없이 기운이 떨어지고 근력이 약해집니다. 우리 몸은 사용하지 않으면 퇴화합니다. 세계보건기구에서 권하는 건강 수칙도 될 수 있는 한 자주 그리고 멀리 걸으라고 권고하고 있습니다.

A(Affecting)는 마음의 유연화, 예술 향유, 멋, 유연화란 의미를 품습니다. 멋은 정서적으로 충족될 때 나타납니다. 나이가 들수록 자신의 정서를 잘 돌보아야 합니다. 쇠잔해지는 육체와 함께 정서도 메말라간다면 재미있는 삶은 가능하지 않습니다.

육체의 활기가 떨어져도 우리 인간이 가장 즐겁게 향유할 수 있는 것이 예술이고 멋입니다. 세계보건기구에서는 정신의 웰빙을 정서의 안녕 상태로 규정하고 있습니다. 나이가 들수록 정서적 감각을 잃지 않도록 노력해야 합니다.

R(Relaxing)은 늦추고 완화한다는 뜻을 품습니다. 몸과 마음이 이완되어 긴장을 풀어주어야 합니다. 나이 듦이 초조한 긴장으로 이어져서는 안 됩니다. 사람은 누구나 환경에 따라 긴장과 완화를 반복하며 삽니다. 긴장 상태가 너무 오래 계속되면 항상성(恒常性)이 깨어집니다. 그래서 긴장의 이완이 필요합니다.

우리 인체는 이런 긴장과 이완을 자동적으로 제어하는 능력을 갖추었지만, 인위적이고 조작적인 삶 때문에 이완의 시기를 놓치고 마는 경우가 많습니다. 사람이 낮에 일하고 밤에 잠을 자는 것 역시 인체가 자동적으로 긴장을 완화시키려는 이치입니다. 풀고 늦추는 것 또한 노력해야 할 일입니다.

T(Together-ing)는 함께라는 의미를 담았습니다. 함께한다는 것은 나눔을 내포하며 이를 이어간다는 지속성을 포함합니다. 나이가 들어도 나눔이 이어진다면 분명히 축복받은 삶입니다. 남이 나와 함께해주기를 원한다면 나 역시 함께해줄 수 있어야 합니다. 그 과정에서 나눔은 필수입니다.

나누지 않는 사람은 혼자서 행복해지려는 사람입니다. 그것은 집착일 뿐입니다. 행복은 함께 찾고 나누는 것이지, 모아서 지키는 것이 아닙니다.

이처럼 생각을 간결하게 하고, 몸을 많이 움직이고, 마음에 정서가 늘고, 느림을 즐길 줄 알고 그래서 함께 나눌 수 있는 나이 듦이라면 누가 마다하겠습니까?

그래서 스마트 에이징이란 조어를 생각해보았고 나 스스로 지키려 노력하고 주위 사람들에게도 즐겁게 권하고 있습니다. 스마트 에이징. 우리말로 굳이 풀어보자면 지혜로운 나이 듦 정도가 되겠습니다.

프랑스 말에 '앙금 없는 포도주 같은 노인'이란 표현이 있습니다. 오래전부터 나는 이 말을 참 좋아했습니다. 순수하지만 시간이 갈수록 더 깊어지는 맛. 이렇게 나이 들고 싶었습니다. 그런 바람을 스마트 에이징이란 말에 담아보고자 했습니다.

지금 내가 살아온 시점에서 내가 지니고 있는 스마트 에이징 자산을 점검해보길 바랍니다. 그 자산을 바탕으로 나만의 인생 이모작 프로그램을 만들어봅시다. 방향을 잃을 때 한번씩 스스로에게 이렇게 말해봐도 좋습니다. "나는 죽을 때까지 재미있게 살고 싶다."

젊어 보이려
하지 말고
젊게 사세요

　어릴 때는 귀엽다는 말을 곧잘 듣습니다. 어른이
되어가면서 잘생겼다거나 예쁘다는 말을 들으면 어깨가 으쓱
해집니다. 그리고 시간이 지날수록 나이보다 젊어 보인다는 말
이 듣기 좋습니다.

　지나 놓고 보면 그런 말들이 참 헛되다는 생각이 듭니다. '젊
어 보인다.' 이런 말은 듣기 싫은 소리도 아니며 상대방에게 자
신감을 주는 말이기도 하지만, 그렇다고 말하는 사람의 표현처
럼 정말 젊어지는 것은 아닙니다. 젊게 보이든 늙어 보이든 자신
의 나이보다 늙을 수도 젊을 수도 없는 것이 사실입니다.

이왕이면 듣는 사람에게 좋은 소리 해주고, 듣는 사람 입장에서도 좋아 보인다는 칭찬으로 들으면 그만일 뿐이니 이렇게 따져 말할 필요가 없겠습니다. 하지만 '젊어 보인다'는 것에 집착하는 모습이 심한 경우가 참 많습니다.

내가 다섯 살쯤 되었을 때였습니다. 우리 집 근처에 공터가 하나 있었는데 어느 날 서커스가 왔습니다. 나는 할머니와 함께 구경을 갔는데 아직까지 선명한 기억으로 남은 장면이 있습니다.

예쁜 여자가 무대에 등장하더니 옷을 하나씩 벗었습니다. 금세 알몸이 되더니 다음 순간에는 살이 사라지고 뼈만 남았습니다. 그다음에는 뼈도 사라지고 무대에서 아예 사라져 아무것도 남지 않았습니다. 그러고는 역순으로 뼈가 나타나고 몸이 나타나고 다시 본래대로 예쁜 여자로 환생했습니다. 나는 큰 충격을 받았습니다.

일단 세상 사람으로 안 보이는 예쁜 얼굴에 충격을 받았고, 사라졌다가 다시 나타난 모습에 충격을 받았습니다. 너무 어린 나이에 봐서 간단한 속임수가 사실 그대로 느껴졌을지도 모릅니다. 하지만 어린 나에게는 꽤나 큰 충격이었습니다. 그리고 그 어린 나이에도 예쁜 얼굴에 넋이 나갔었나 봅니다. 할머니가 이를 눈치챘는지 나에게 말하셨습니다.

"야 이 녀석아, 저게 바로 백년 묵은 야시(여우)야 백야시."

그 말이 참 무섭게 들렸습니다. 그런 기억이 무의식에 남아서 인지 어른이 되고도 예쁜 여자에 대한 경계심이 있었던 것 같습니다. 지나고 보니 공연한 선입견이기도 했지만, 그만큼 외모로 사람을 평가하는 일 역시 적어서 좋기도 했습니다.

젊게 보이려고 지나치게 애쓰는 사람이나 얼굴을 고쳐 성형하는 사람을 보면 안쓰럽기도 합니다. 나름의 필요와 이유가 있어 하는 사람들도 있겠지만, 이미 자연스럽고 좋아 보이는 얼굴을 무리해서 고치고 시술하는 경우를 볼 때 그렇습니다.

간혹 텔레비전에서 아주 오랜만에 등장한 옛날 연예인들을 보는 경우가 있습니다. 그런데 영 자연스럽지 못한 얼굴로 나타나 당혹스러울 때가 있습니다. 그런 연예인이 성형의 부작용을 토로하는 인터뷰를 보기도 했습니다. 모든 경우가 그렇지는 않겠지만, 성형의 부작용을 말하거나 나이를 거스르려고 몸부림쳤던 일들을 후회하고 경고하는 모습이 참 안타까웠습니다.

아무리 젊어 보이려 애쓴다 해도 세월을 붙잡을 수는 없습니다. 지금 당장 좀 더 젊어 보이려 애쓴다 해도 그것은 일시적일 뿐입니다. 결국 자연스럽게 곱게 늙어가는 모습이 가장 아름다울 수밖에 없습니다.

노년이 되어서도 이렇게 성형과 시술 등에 집착하는 이유는 무엇일까요? 다른 무엇보다 열등감일 것입니다. 내면의 열등감을 외면의 모습으로 극복하려는 시도는 나이가 들어서도 이어지는 경우가 많습니다. 그런다 해도 완벽한 외모는 없기 때문에 계속 시도하게 됩니다. 또는 유지하려고 무리수를 두기도 합니다. 그러다 보면 어느 순간부터는 자연스럽게 늙어가는 것 자체가 어려워집니다.

백야시는 천년이라도 살지 사람은 그럴 수가 없습니다. 젊을 때의 모습, 늙어가는 모습, 떠날 때의 모습까지 스스로 구분해 관리해야 합니다. 우리는 결코 젊음을 관리할 수 없습니다. 늙음만을 관리할 수 있습니다. 시간은 한 방향으로만 흐르고 우리는 젊어져가는 것이 아니라 늙어가기 때문입니다. 순리는 거스를 수 없습니다. 이 세상에 순리를 거스르는 아름다움이 있을까요?

들기로는 요즈음 초등학교 학생 중에서도 자기 얼굴에 불만을 갖고 성형을 원하는 경우가 많다고 합니다. 중학교 입학 선물로 얼굴을 고치는 경우도 있다 합니다. 여자뿐 아니라 남자들역시 성형이 대중화되었다고 합니다. 말릴 수는 없습니다. 하지만 노년이 더 걱정입니다. 부작용이 생긴다면 앞으로 너무 오랜 시간 동안 힘들어질 것이고, 만족한다 해도 다가올 노화에는 또 어찌 대처할지 걱정됩니다.

아무리 노력해도 육체는 젊어지지 않습니다. 노화의 속도를 조금 늦출 수 있을 뿐입니다. 즉 젊어지지는 않습니다. 너무나 자연스러운 과정을 부정하려 노력하기보다는 인생 자체를 젊게 살면 됩니다.

마음으로 젊게 산다는 것은 눈에 보이는 외모처럼 바로 드러나기가 힘듭니다. 세월이 흐르면서 조금씩 드러납니다. 하지만 어느 시점에 가면 결국 확연한 차이를 보입니다. 젊은 마음으로 살아온 사람과 젊어 보이는 데만 애쓰고 살아온 사람. 이미 삶 자체가 달라져 있습니다.

젊은 마음가짐으로 살아봅시다. 젊은 마음에는 나이를 운운할 필요조차 없습니다. 그리고 젊은 마음으로 살면 얼굴도 덩달아 예뻐집니다.

자투리 삶이라고 하기엔
노년이 너무
길지 않나요?

/ 편지 46

꽤 오래전 일입니다. 스승을 모시고 저녁을 대접하
는 자리였습니다. 어쩌다가 '죽음'을 주제로 토론을 하게 됐는데
누군가 엉뚱한 질문을 던졌습니다.

"죽음이 온다면 누구에게 먼저 올까요?"

순간 약속이나 한 듯 일제히 선생님을 바라봤습니다. 나이순
으로 생각하면 그럴 만도 한데 선생님의 노여움은 여간 아니었
습니다. 죽음에는 순서가 없는 법인데 왜 당신을 쳐다보느냐는
것이었습니다.

"죄송합니다. 선생님은 100세까지 사실 거예요."

우리는 어리석음을 탓하며 수습하려 했지만 선생님의 노여움은 쉽게 풀리지 않았습니다. '100세까지'란 표현에 더 화가 난 것이죠. 언제까지라고 한정한 것이 문제였음을 알고 "100세 넘어 오래오래 사셔야 합니다"라고 정정하고서야 비로소 노여움을 푸셨습니다.

아직 100세 시대라는 말이 생소할 때였습니다. 그래도 사람들은 응당 할 수만 있다면 100세 넘어 오래오래 살고 싶어했습니다. 그리고 100세 시대에 접어든 지금에도 사람들의 걱정과 염려는 마찬가지인 것 같습니다. 오히려 100세 시대라고 못 박으니 100세까지 못 살면 천수를 못 누리는 기분이 드나 봅니다.

또한 100세까지 산다 해도 나이 든 사람들 입장에서는 남은 날들이 걱정될 수밖에 없습니다. 오래 살면 좋을 테지만, 분명 사는 날이 늘면 그만큼 걱정거리도 같이 느는 법입니다.

100세 시대라고 하니 자연스레 100세를 기대하게 됩니다. 하지만 늘어난 평균수명은 사실이지만 누구나 100세를 살 수 있는 것은 아닙니다. 100세까지 산다 해도 치매나 여타 질병들을 피해 건강한 모습으로 살기는 어렵습니다.

문제는 얼마나 건강하게 100세를 사느냐일 것입니다. 100세 시대를 맞아 건강하게 오래 산다면 분명히 축복받은 인생입니다. 어찌 보면 엄청난 덤이고 행운입니다.

재미있게도 힌두교에서는 이미 오래전부터 인생을 100세로 설정했습니다. 힌두교에서는 100세를 4등분 하여 삶을 조명하는데, 첫 번째 삶이 25세까지의 삶입니다. 이 세상에 태어나 부모로부터 학습 받고 사회에서 학습 받는 시기입니다. 즉 세상에 적응하는 방법을 배우고 익히는 시기입니다.

이후로 50세까지는 학습하고 익힌 습관대로 스스로 살아보는 시기입니다. 결혼도 하고 직장도 갖고 사회 속에서 자신의 삶을 개척하며 홀로 서는 시기입니다. 성공해서 행복을 누리는 사람도 있으며 실패해서 불행한 사람도 있습니다. 어쨌든 내가 내 삶을 체험하는 시기이니 장년기라 할 수 있습니다.

75세까지는 되돌아보는 시기입니다. 장년기의 삶을 허겁지겁 살아왔다면 후회도 남겠죠. 나름대로 최선을 다해서 살았다 해도 아쉬운 점들이 있을 것입니다. 또한 예전에는 몰랐던 새로운 덕목들을 깨닫고 반성할 수도 있습니다. 치열했던 그동안의 삶을 차분히 되돌아보는 시기입니다. 삶을 반성하는 참회의 시기입니다.

혹시라도 나 때문에 피해를 본 사람은 없을까? 나는 좋다고 한 일인데 남에게 상처를 준 일은 없을까? 일부러는 아니었지만 폐를 끼친 일은 없을까? 신념을 가지고 살아왔지만 혹시 나 스스로를 속이지는 않았을까? 이런 저런 참회가 이어지는 시기입니다.

그래서인지 힌두교가 국교인 네팔 사람들은 이 시기에 힌두 사원을 많이 찾습니다. 경건한 기도로 참회하는 생활이 몸에 배어 있습니다.

이때가 새로운 인생을 이모작할 수 있는 시기입니다. 장년기를 지나면서 우리 중 많은 사람들이 퇴임을 합니다. 퇴임 후의 인생은 결코 짧지 않습니다. 우리 사회가 이제 100세의 삶을 반기면서도 걱정하는 이유가 바로 새로운 이모작 인생 설계 때문일 것입니다.

마지막으로 힌두교에서는 76세 이후의 삶을 자유로운 시기라고 말합니다. 무엇으로부터의 자유일까요? 네팔 사람들의 말을 빌리면 모든 것으로부터의 자유입니다. 하지만 말이 쉽지 사람으로 태어난 이상 죽을 때까지 온전한 자유를 얻기란 어렵습니다.

살다 보면 매이는 것이 늘 있기 마련입니다. 참으로 상상조차 어려운 경지라 할 수 있습니다. 하지만 그만큼 삶의 높은 단계를 살아내는 시기입니다.

곰곰이 생각해보면 인생의 마지막 단계에서 자유보다 더 중요한 것이 있을까요? 아마도 스스로 나를 이제 자유롭게 풀어주는 시기라고 할 수 있습니다. 재물, 명예, 사람, 질병, 삶, 자녀…… 이제 얻기보다는 자유로워져야 할 것들이겠죠.

이런 구분을 통해 100세 시대를 생각해본다면 51세에서 75세까지의 기간이 인생의 이모작에 해당하는 시기일 것입니다. 노년의 상당 부분이 여기에 속합니다. 그러니 결코 노년은 자투리 시간이 될 수 없습니다. 오히려 제2의 장년기에 가깝습니다. 이전 장년기의 경험을 바탕으로 보다 질 높은 삶을 설계해야 합니다.

제2의 장년기는 이전 장년기에 비해 훨씬 여유롭고 만족스런 인생이 되도록 노력해야 합니다. 그렇게 된다면 76세 이후의 삶은 정말로 자투리 삶이 된다고 나는 생각합니다.

자투리란 사실 쓸모없다는 뜻이 아닙니다. 피륙이나 천을 자풀이로 팔고 남은 조각이 자투리입니다. 버리면 그만이지만 버리지 않고 잘 쓰면 덤입니다. 말년의 인생은 덤이고 선물입니다. 그러니 모든 것으로부터 자유로워도 되는 시기입니다.

하지만 그래도 여전히 현실적인 문제들이 존재합니다. 평균수명이 늘어난 만큼 여전히 건강하지 못한 삶을 사는 분들 또한

하루를
살아도
내인생
입니다

많기 때문입니다. 그런 분들은 내가 앞서 한 말에 시큰둥할 수도 있다고 생각합니다.

하지만 중요한 것은 우리가 100세까지 살지 못한다 해도, 기력이 약해진다 해도, 장년기 이후 정년 후의 시간이 짧지 않다는 것입니다. 또한 내 인생의 시간이 단 하루만 남았다 해도 그것은 누구의 것도 아닌 내 인생입니다. 하루를 살아도 내 인생입니다.

즐겁게 사는 데 영향을 많이 미치는 두 가지 요소가 있습니다. 하나는 건강이고 다른 하나는 내 앞을 스스로 가릴 수 있는 경제력입니다. 이 두 가지를 잘 준비할수록 여생의 자유를 즐기는 데 많은 도움이 됩니다.

100세를 살지 못하면 어떻습니까? 오래 살기를 겨루려고 이 세상에 온 것도 아니잖습니까? 세상을 떠나기 전까지는 내 생이 언제 끝날지 알 수 없습니다. 인생은 여전히 남아 있습니다. 그러니 하루를 살아도 천년을 살 듯 삽시다. 그것이 자유입니다.

경로우대는
사회의
배려입니다

/ 편지 47

　　내 제자가 또 학교에서 정년퇴임을 앞두게 되었습니다. 선생으로서 또한 퇴임한 선배 교수로서 한마디 덕담을 달라고 했습니다. 그래서 나는 이제 노인이 되었으니 정년퇴임 하는 날에 곧바로 주민센터로 가서 시니어 패스를 발급받으라고 일렀습니다. 받는 즉시 2호선 순환전철을 타고 한 바퀴 돌아보라고 말했습니다. 내 제자는 즉각 삐쳤습니다.

　　내 뜻은 본인이 공식적인 노인 반열에 올랐음을 실감하라는 것이었습니다. 아직 젊었을 때는 언제 나이를 먹는지 모를 만큼 일에 몰입하다가 세월 가는 것을 모릅니다. 교수 시절에 한 교수님의 이야기를 듣고 모두 웃은 적이 있습니다.

인구 조사 때문에 찾아온 조사원이 "연세가 몇이세요?"라고 묻자 그 교수님이 49세라고 대답했답니다. 조사원이 생년월일을 묻자 그것도 알려주었습니다. 그런데 생년월일로 나이를 계산해 본 조사원이 다시 물었습니다.

"연세가 몇이세요?" 교수님은 똑같이 49세라고 말하며 버럭 화를 냈지만, 결국 자신이 틀리게 말했다는 것을 인정했다고 합니다. 이야기를 들은 우리는 한바탕 웃었습니다. 이미 쉰의 나이를 넘긴 분이었는데 자신도 모르게 나이 듦에 저항했나 봅니다.

정년퇴임을 앞둔 내 제자는 내가 한 말 중에서 노인이라는 단어가 목에 콱 걸렸나 봅니다. 자기는 노인이란 생각을 추호도 하지 않았는데 시니어 카드를 발급받으라고 했으니 삐칠 만했습니다. 그래도 삐쳐봤자 노인입니다. 시니어 카드를 받을 나이가 되었으니까요.

아무리 노인이란 말이 듣기 싫어도 노인은 노인입니다. 그리고 노인이라는 단어 자체보다는 거부하고 있는 본인에 대해 생각해볼 일입니다. 어차피 나이로는 노인이 되었지만 마음만큼은 젊게 살고자 하는 고민이 더 필요할 것입니다. 그 편이 훨씬 실속이 있습니다.

젊었을 때보다 나을 것이 사실 있겠습니까? 능력도 떨어지고 힘도 떨어지고 사회 경제적 사정도 전보다 못하고 자식들은 모두 성가하여 둥지를 떠나고 그러니 외롭고 고독합니다. 옛날의 잘나가던 나를 알아주는 사람도 적거나 없습니다.

어찌 보면 노인이 된 것 자체보다는 노인의 상황을 받아들이기가 힘들지도 모릅니다. 이는 반대로 생각하면 어쩌지 못하는 것은 나이일 뿐, 노인으로서의 여건을 좋게 만드는 것은 불가능하지 않다는 뜻이기도 합니다.

가는 세월을 막지 못한다면 일찌감치 노인임을 자각하고 받아들일 필요가 있습니다. 지난 이른 여름에 대한의사회 종합학술대회 초청연사로서 강연을 하게 되었습니다. 노인이라는 큰 주제 아래로 나는 '행복한 노년의 삶'이라는 주제를 맡았습니다.

함께 연사로 나선 분들의 주제 중에 노인의 어려움이 부각되는 내용들이 많았습니다. 나는 '그럼에도 불구하고' 노인이 행복을 찾아야 할 이유를 준비했습니다. 여생을 맞춤복처럼 스스로 나의 사정에 맞게 계획해보기를 권하며 스마트 에이징 프로그램(SMART AGING PROGRAM)을 소개했습니다.

자기 능력을 떠나서 스스로 노인임을 자각하고 인정하면 그만큼 대접 받을 일이 많습니다. 경로우대를 멋쩍어할 필요가 없습니다. 경로우대는 혜택이기도 하지만 권리이기도 합니다.

권리라면 우리들이 젊었을 때 물불 가리지 않고 일했던 대가일 것입니다. 혜택으로 말하면 노인에 대한 후손들의 존경심으로 사회가 보장하여 보답하고자 하는 것입니다.

또한 한 사람의 시민으로서 경로우대를 고맙게 여기고 그에 걸맞은 행동을 할 수 있어야 합니다. 경로우대는 나이가 권력이고 훈장이라는 뜻이 아닙니다. 노인에 대한 이 사회의 배려입니다.

노인에 대한 복지 정보를 검색해보니 우대나 할인을 받을 수 있는 여러 가지가 눈에 띕니다. 생계 지원과 관련된 제도들도 있습니다. 개선과 관련해서 여러 잡음이 생기기도 하지만 누구보다 당사자인 노인이 적극적으로 알고 혜택을 받아야 합니다.

노인이 아니면 누릴 수 없는 쏠쏠한 재미가 이미 마련되어 있습니다. 후손들이 고맙다며 제공하는 것들인데 찾지 않을 이유가 있겠습니까?

노인의 모습은
정해져 있지
않습니다

/ 편지 48

　　얼굴을 보면 지금 그 사람의 생각이 어느 정도 나
타나기 마련입니다. 표정이란 것이 별다른 것이겠습니까? 얼굴
에 감정이 드러나면 표정입니다.

　자주 짓는 표정이 굳어지면 결국 그 사람의 인상이 됩니다.
기분이 자주 나빠 늘 찡그리면 그런 얼굴이 되고, 기분이 늘 좋
아 웃고 지내면 그런 얼굴이 됩니다.

　인상은 어느 날 갑자기 만들어지지 않습니다. 시간이 걸립니
다. 그러니 그 사람의 얼굴을 보면 살아온 궤적 또한 보이고는
합니다. 나이가 든 사람일수록 더 선명하게 드러납니다. 잘나게

태어났든 못나게 태어났든 오랜 시간을 거치며 지어온 표정이 지금의 인상에 더 많은 영향을 미칩니다. 그래서 나이 든 사람의 얼굴에는 삶이 응축되어 있습니다.

노인의 모습을 생각하면 떠오르는 두 사람이 있습니다. 영화배우 잉그리드 버그만과 오드리 헵번입니다. 두 사람 모두 올드보이들에게 깊은 인상을 남긴 미모의 여배우입니다. 버그만은 〈카사블랑카〉에서 오드리 헵번은 〈로마의 휴일〉에서 열연한 모습을 아직도 생생히 기억합니다.

그런데 버그만은 전성기에 은퇴하여 자기의 저택 속에 은거하면서 세상과의 접촉을 끊었습니다. 나이 든 자신의 얼굴을 팬들에게 보이기 싫다는 것이 이유였습니다.

반면 헵번은 나이 들어 주름진 얼굴 그대로 아프리카의 굶주린 아동들을 위해 봉사하는 모습을 보였습니다. 둘의 행동은 참 대조적이었습니다.

숨어 산다고 해서 얼굴이 안 늙는 것이 아님을 버그만 자신도 모르지 않았을 테죠. 그녀는 노화보다 남의 시선을 더 두려워했는지도 모릅니다. 그러나 헵번은 나이 듦 자체를 있는 그대로 받아들였고 자신의 모습에 당당했습니다. 노년에 접어든 헵번의 얼굴은 전성기 때보다 더 빛났습니다. 더 아름다워 보였습니다.

노인의 모습은 생물학적인 노화만으로 예단하기 어렵습니다. 여러 모습을 가지고 있습니다. 혹자는 노인의 모습이 추하다고 합니다. 글쎄요. 추한 마음으로 보면 추할 것이고 아름다운 마음으로 보면 아름다울 것입니다.

그리고 모든 사람은 늙습니다. 노인이 추하다면 결국 모든 사람은 추해진다는 뜻이겠죠. 그렇게 생각하는 당사자 또한 마찬가지입니다. 하지만 노인의 모습 자체가 정해져 있지 않다고 생각한다면 누구든 나이 들어 저택에 칩거할 이유가 없어집니다.

에릭슨의 성격 발달의 8단계 이론은 지금도 성격심리학의 바탕 이론으로서 많이 인용됩니다. 그는 인간의 일생을 성장 과정에 따라 8단계로 나누어 설명했습니다. 성장의 각 단계를 거치며 부딪치는 심리적 성장통이 있고 모든 단계가 중요하겠지만, 특히 노년의 성격에 영향을 미치는 부분 중 가장 중요한 것은 성년기의 생산성이라고 지적했습니다. 그리고 성공적 노화에 대해 이렇게 말했습니다.

"현재의 삶과 과거의 삶에 대해 느끼는 개인의 행복감과 만족감이 성공적 노화의 기준이 된다."

에릭슨은 인생의 각 단계에서 접하는 중심 과제를 성취한 사람과 그러지 못한 사람에게는 큰 차이가 있다고 했습니다. 과제를 성취했다는 것은 성숙으로 바꾸어 표현할 수도 있습니다. 그렇게 곱게 늙은 얼굴이 성숙한 사람의 온유한 표정이라 할 수 있습니다. 그런 표정이 깃들기 위해서는 자신의 생을 긍정할 줄 알아야 합니다. 긍정하기 위해서는 자신이 삶에서 이룬 생산성에 만족해야 합니다.

자신의 삶을 긍정하는 사람은 성숙한 어른으로서 사람들과 친밀한 관계를 이어가고 다음 세대를 위한 보살핌도 잊지 않습니다. 반면 성취 경험이 모자라다고 느껴 자신의 삶을 긍정 못 하는 사람은 스스로 존재감을 잃어가고 인간관계 또한 메말라 갑니다. 당연히 다음 세대를 보살피는 능력도 사라집니다.

전자는 장년기의 생산성이 이어집니다. 후자는 이어지지 못합니다. 그런 마음과 상황이 나이 들어서 각각 다른 얼굴 모습으로 나타납니다. 결국 존재감과 보살핌 그리고 지혜까지 지닌다면 그는 정말 아름다운 노인이 될 것입니다.

노인이면 어떻습니까? 언제나 오늘을 즐겁게 살고 다른 사람을 위하는 사람이 가장 아름답습니다.

상상력이
노후를
더 행복하게
합니다

/ 편지 49

　　나는 평생을 정신과 환자들과 함께 살아온 탓에
환자들이 펼치는 상상을 매일 접하며 살았습니다. 상상은 경계
가 없어야 재미있다는데 환자 중에는 엄청난 상상으로 재미를
주는 분들도 있었습니다. 환자로서 그렇다는 뜻이 아니라 발상
자체가 무척이나 재미있다는 뜻입니다.

　　한 환자분은 내가 사는 집 마당에 시추공을 함께 뚫자고 했
습니다. 내가 자기의 주치의이기 때문에 특혜를 준다는 것이었
습니다. 그의 말인즉 우리 집 마당에 시추공을 뚫고 파이프를
계속 박으면 지구 저편에 있는 사우디아라비아나 다른 석유 생

산국의 유전에 닿을 것이랍니다. 그러면 우리 집 마당에서 퍼 올리기만 하면 당장 갑부가 된답니다. 특혜를 준다니 여간 고마운 마음이 아니었습니다.

우리는 소설을 읽으면서 상상의 나래를 무한히 펼칠 수 있습니다. 현실이 아닌 내용을 읽으면 읽을수록 현실로 착각하게 만드는 그런 상상력이 참 재미있습니다. 소설의 그런 성격 때문인지 좀 허구적인 말에 "소설 쓰지 마"라는 표현을 하기도 합니다. 하지만 그렇게 허구를 상상해보는 재미가 없다면 팍팍한 현실이 더 팍팍해질 것입니다.

현실과 상상. 그 경계를 자유롭게 드나드는 사람 중에는 두 종류가 있습니다. 하나는 현실에 발을 딛고 상상하는 사람, 다른 하나는 현실을 벗어나 허공 속에서 상상을 즐기는 사람입니다. 현실이란 지금 여기를 말합니다. 옛날에 갈릴레오가 지구가 돈다고 말했을 때 많은 사람들 특히 종교가나 학자들이 그가 돌았다고 평했습니다. 현실을 완전히 벗어난 상상을 했다는 것이었죠.

세월이 흘러 이제 지구가 돈다는 사실을 모르는 사람이 없게 되었습니다. 이제는 지구가 돌지 않는다고 하면 그 사람이 돈 사람이 됩니다. 나에게 석유 시추를 동업하자며 특혜를 준 환자도 어쩌면 갈릴레오 같은 사람일지 모른다는 상상을 해봅니다. 우리 집 마당에서 지구의 중심을 뚫고 사우디아라비아까지 도달할 수 있는 파이프가 기술적으로 생산 가능하다면 그 환자의 상상은 상상이 아니게 됩니다. 그러나 지금의 기술 발전으로 볼 때 비현실적이니 먼 미래의 상상일 뿐입니다. 아무런 근거 없이 지금 당장 가능하다고 믿으니 환자였던 것입니다.

이에 반해 소설 같은 상상이지만 현실에 발을 딛고 하는 상상이라면 즐거울 뿐만 아니라 정신 건강에도 도움이 됩니다. 긴장을 이완하는 방법이 될 뿐 아니라, 현실에서 이루기 힘든 소망을 상상 속에서 이룬다면 잠시 동안이나마 즐거울 것입니다. 이런 즐거움이 바로 이완입니다.

단지 상상이란 것을 알고 상상의 나래를 펴다가 현실로 돌아와 일상을 살 능력이 있다면 환자가 아닙니다. 그런데 요즘에는 이런 상상조차 막는 장애물이 많아졌습니다. 규격화된 기계들입니다. 우리의 생활을 기계적인 짜임새 안에 맞추어 살아야 하니 자연히 상상력이 떨어질 수밖에 없습니다.

대부분의 일을 컴퓨터가 해결해주는 경우가 많아졌습니다. 기계가 짜임새 있고 편리하게 해주니 사람들은 편리성에 도취될 수밖에 없습니다. 이런 의존은 우선 손으로 글씨를 쓰는 것조차 퇴보하게 만듭니다. 손으로 쓰는 글씨는 쓸 때마다 다릅니다. 쓰는 사람에게도 읽는 사람에게도 상상이 개입됩니다.

운전을 할 때도 그렇습니다. 내비게이션이란 것이 있어서 참 똑똑하게도 길을 안내해줍니다. 운전자는 내비게이션이 말해주는 방향으로 가기만 하면 됩니다. 상상의 여지없이 길을 갑니다.

사회가 바뀜에 따라 우리의 생활 습관도 많이 변했습니다. 그중에 하나가 상상력의 퇴화입니다. 노인이 되면 자연스럽게 상상력이 떨어집니다. 그러나 노인이라고 해서 상상력이 없다고 할 수는 없습니다. 자신의 일상을 두고 더 많은 상상을 할수록 즐거운 일을 더 많이 찾을 수 있습니다.

현실에 발을 딛고 오르내릴 수 있는 상상이라면 끝이 없을수록 좋습니다. 노인은 연륜과 경험적 자산을 많이 가져서 그 상상이 더 재미있고 멋스러울 수 있습니다. 이렇게 저렇게 경계 없는 상상을 하면서 한번 웃어봅시다. 이 또한 행복한 노후를 만드는 방법입니다.

인생의
가장 자유로운
시기를
누리세요

/ 편지 50

　노년에 좋은 점이 있다면 딱히 무엇을 해야 한다
는 말을 듣지 않아도 된다는 것입니다. 이를 바꾸어 생각하면
할 수 있는 범위에서 하고 싶은 일을 마음껏 즐길 필요가 있다
는 뜻이기도 합니다.

　어쩌면 인생을 즐길 마지막 시기일 수도 있고, 또 어쩌면 인
생에서 가장 좋은 시기가 되지 말란 법도 없습니다. 그런데 그
게 말이 그렇지 만만치가 않습니다.

　얼마 전에 시어머니들과 며느리들이 함께 나와 토크쇼를 하
는 티브이 프로그램을 본 적이 있습니다. 시어머니들과 며느리

들이 흉금을 터놓고 말을 주고받더군요. 서로의 주장이 다르니 그런 부분에서 보고 듣는 재미가 있었습니다. 그런데 어떤 주제에 관한 토크였는지 모르겠지만 "부모님들은 자신의 앞가림은 자신들이 하셔야죠"라는 말이 나왔습니다. 듣는 순간 내 가슴이 철렁했습니다.

평소에 자식들에게 의지할 마음은 추호도 없었으나 막상 방송에서 며느리들이 하는 그런 말을 귀로 들으니 나도 모르게 가슴이 철렁했던 것입니다. 이성적으로 생각하면 섭섭해 할 말이 아닙니다. 하지만 그렇다 해도 앞가림이란 말을 들으니 당장 내 눈앞이 가려진 듯 캄캄해졌습니다. 나이가 들어도 앞가림이란 것이 그리 쉬운 일이 아니라서 그런가 봅니다.

그런데 마음속을 더 자세히 들여다보니 '그래, 내가 내 앞을 가리지 못하면 너희가 어쩔 건데'라는 황당한 나의 삐침이 보였습니다. 사실 지금은 괜찮다 해도 지금과 같은 내 앞가림의 조건들이 얼마나 보장될지는 나조차 모를 일입니다.

경제력을 잃고 건강을 잃는 상황에서 누군들 앞가림이 쉽겠습니까? 결국 노년이 인생의 가장 자유로운 시기가 되려면, 현실적으로 어느 정도의 경제적 여건과 건강 조건이 갖추어져야 한다는 것은 사실입니다.

우선 경제력을 잃는다고 생각해봅시다. 자식들에게 얹혀사는 것이 미안할 일입니다. 자녀들도 어려운 세상을 헤집고 꾸려가야 하는 마당에 부모가 짐이 된다면 참 안타까운 일입니다. 물론 경제력을 잃었다 해도 밥 한 끼야 주겠지라고 생각할 수 있습니다. 하지만 건강을 잃는다면 훨씬 더 무서운 일입니다. 긴병에 효자 없다고 하지 않습니까? 누군들 건강을 잃고 싶어서 잃겠습니까? 그러니 무섭습니다.

이 두 조건, 즉 경제력과 건강은 노년의 앞가림에 있어 가장 큰 영향을 미치는 요소가 될 수밖에 없습니다. 결국 어느 수준의 앞가림이 가능한 분들만이 인생의 마지막 자유를, 적어도 눈치 보지 않고 누릴 수 있겠다는 생각이 듭니다.

그런데 이는 노년의 자유를 누리는 데 있어 되도록 필요한 부분이지, 그 자체가 자유를 주는 것은 아닙니다. 경제력도 앞을 가릴 만큼 가졌고 건강도 움직이는 데 불편이 없을 정도인데 막상 자신만의 즐거움을 찾지 못하는 노인분들이 많습니다. 그런 분들의 공통점은 여전히 이 걱정 저 걱정을 놓지 않고 있다는 것입니다. 당연히 즐거울 여지가 없습니다.

오히려 여유롭고 건강상 운신의 폭이 넓은 노인일수록 자식들에게 인생의 훈수를 두느라 정신이 없기도 합니다. 부모 입장에서는 여전히 자녀가 언제나 위태한 어린아이로 보이나 봅니다. 그러나 이런 훈수는 자녀들로 하여금 부모를 멀리하게 만드는 요인이 되기도 합니다.

훈수는 이미 키울 때 다 해주었습니다. 어릴 때 가르친 대로 성년이 된 자녀는 이제 스스로 선택하고 실행하며 자신의 삶을 가꾸고 있습니다. 그런데 자신이 가르친 대로 살고 있는 자녀에게, 또는 자신의 가르침을 나름대로 해석하여 다르게 살아가는 자녀에게 다시 훈수를 둔다면 이는 무엇일까요?

이제 인생의 마지막 단계에 선 우리로서는 그런 훈수를 할 시간에 자기 스스로 또는 배우자와 함께 또 다른 즐거움을 찾아야 합니다. 그것이 더 행복한 일일 것입니다.

자식 키우는 어려움, 가족을 먹여 살리는 부담, 세상 살면서 이 눈치 저 눈치 보고 살았던 과거로부터 이제 자유롭게 벗어날 수 있는 시기인데 스스로 여전히 걱정을 붙들어 매고 산다면 안타까울 일입니다.

걱정도 팔자라고 했습니다. 걱정이 습관화된 분들은 노년기의 자유로운 시간이 와도 만끽하기보다 과거의 습관을 고집하면서 살고 싶어 합니다. 이런 고집이 통하면 그 또한 나쁠 것이 없겠지만 세월이 가고 사회가 바뀌고 자녀들이 성장하여 장년에 다다른 지금에는 과거의 습관과 고집이 나 자신은 물론 주변의 가족들을 고달프게 하기도 합니다.

현재의 여건이 이렇고 저렇고 해도, 이제 얼마 남지 않은 시간을 내가 원하는 대로 꾸리는 것만큼 절박한 앞가림이 있을까 싶습니다.

그러기 위해서는 먼저 과거의 습관을 버려야 합니다. 이제는 자유를 누릴 때입니다. 자유는 누려봐야 알 수 있습니다. 그 누구도 아닌 나를 위해 사는 시간은 자식도 배우자도 대신 앞가림해줄 수가 없습니다.

과거의
습관을
버리고
즐거움을
찾아야
합니다

외로워 말고
생각나는
사람을
찾아가 보세요

/ 편지 5I

젊었을 때는 호불호 간에 좌충우돌 만나는 사람들이 많았습니다. 혈연이나 인연에 얽히다 보면 내가 아쉬워 찾아가는 사람도 있고, 달갑지 않아도 나를 찾아 청탁하는 사람들을 만나야 하기도 했습니다. 하지만 지금처럼 나이 든 마당에 이런저런 사람들을 모두 만나기가 어렵습니다. 건강이나 기력이 예전 같지 않기 때문입니다. 힘도 없고 번거롭기도 합니다.

'누구를 만나야 할까?' 가만히 이런 생각을 하다 보면, 이젠 만날 시간도 만날 사람도 확연히 줄어들었음을 느낍니다. 결국 줄어든 마당에 이 사람 저 사람 가릴 필요가 있나 하는 생각이 듭니다.

나는 머뭇거리다가 보고 싶은 사람을 놓치는 경우가 많았습니다. 얼마 전 일입니다. 보고 싶은 지인이 있어 수소문 끝에 찾아 전화를 드렸습니다. 그는 투병 중이라고 했습니다. 그래서 아무와도 만나지 않고 있다고 했습니다. 가끔 전화해도 되느냐고 물었더니 전화는 생각나면 하라고 하더군요. 그래서 자주 전화를 드렸습니다.

그리운 시절을 회상하며 여러 이야기를 나누었습니다. 그렇게 목소리만 들어도 만난 듯 즐거운 시간이었습니다. 그러고 내가 3주간 네팔을 다녀왔습니다. 선뜻 안부전화 하기가 두려웠습니다. 내가 떠나기 전에 이미 위중했으므로 그 사이에 타계했으면 어쩌나 하는 불안이었습니다. 얼마 지나지 않아 부음을 들었습니다. 네팔에서 돌아와 머뭇거리지 말고 전화하지 못한 것을 후회했습니다.

나는 딱히 어떤 사람은 만나고 만나지 않는다는 기준을 가지고 있지 않습니다. 하지만 나이가 들면서 활동이 줄어들고 행동 반경이 제한되다 보니 만나는 사람들도 자연히 제한적일 수밖에 없습니다. 내가 만나는 사람들을 적어보겠습니다.

첫 번째로, 나는 나를 찾아오거나 오고 싶다는 전갈을 받으면 전부 응합니다. 그가 왜 오는지는 중요하지 않습니다. 나를 만나고자 하는 마음 자체가 감사하기 때문입니다. 한번은 내 책 《나는 죽을 때까지 재미있게 살고 싶다》를 읽은 독자분이 찾아오셨습니다.

그 부인은 자신의 둘째 아들이 결혼을 하는데 주례를 부탁한다고 했습니다. 주례라면 나도 제자가 많아서 일찍부터 많이 서봤습니다. 신랑 신부에게도 저마다 자신의 은사나 직장 상사가 있을 것이고, 부모에게는 저명한 인사들도 가까이 있을 것입니다. 그런데도 불구하고 오로지 내 책을 보고 나를 찾아왔다고 했습니다.

단지 독자로서의 어머님 마음 때문인지 아니면 결혼할 당사자의 동의가 있었는지 궁금해서 물었더니 가족 모임에서 그렇게 의논이 되었다고 했습니다. 이런 인연으로 만나 주례를 섰더니 하객 중에 나를 아는 분들이 있어 반가웠고 서로 대화를 나누다 보니 내가 아는 지인들과도 상당히 가까운 관계였습니다. 뜻하지 않았지만 즐거운 만남이었습니다.

요즘에는 책으로 인해 강연이나 인터뷰 부탁이 많이 옵니다. 일정이 겹치지 않으면 항상 승낙합니다. 에너지의 소진이 아니라 에너지를 얻습니다.

두 번째, 이메일로 만납니다. 인터넷이란 문명의 이기가 있어서 나는 인터넷을 통해 많은 분들을 만납니다. 학교에 재직할 때부터 익히 사용해와서 이제는 많이 익숙합니다.

2011년에 의과대학 졸업 50주년을 맞아 부부 동반으로 제주도 여행을 갔습니다. 이 자리에서 공식 동기동창 홈페이지를 마감하기로 결정했습니다. 만나는 통로가 하나 줄어든 것이죠. 서운했지만 여력이 쇠잔했다는 이유였습니다. 그래도 친구들의 이메일 주소는 남아 있어 틈나면 소식을 보냅니다.

그런데 예전 같지가 않습니다. 회신 메일이 점점 줄어들고 있습니다. 지금은 딱 두 명만 회신해주고 있습니다. 한 명은 미국에서, 다른 한 명은 대구에서 보내옵니다. 하지만 나는 단 한 명이라도 회신해준다면 보낼 것입니다. 아니, 회신은 못 해도 읽어만 주어도 보낼 것입니다.

"응답하라. 1961." 우리들 대학졸업 연도입니다. 그렇게 메일을 띄워보지만 응답이 없습니다. 수신확인을 해보지만 열어보는 사람이 극히 적습니다. 전에는 그렇게도 자주 소통이 되었는데……

나이 든 사람들 간에는 어느 순간 연락이 두절되는 경우가 많습니다. 젊은 사람들 입장에서는 다른 통로로 수소문하면 될

일 아닌가 하고 생각할 수도 있습니다. 하지만 알고 있는 연락처 자체가 유일한 끈인 경우가 많습니다. 그래서 당사자가 연락을 받지 않으면 알 수가 없습니다. 한참 지나 들리는 소식으로 요양원에 가 있다거나 세상을 떠났다는 사실을 알게 됩니다.

다 설명할 수는 없지만 네트워크가 제한적입니다. 젊을 때는 어떻게든 다른 경로로 연결이 된다 생각하지만 나이가 들면 그렇지가 않습니다. 쉬웠던 일들이 어려워지면서 예상하지 못한 여러 이유들이 생깁니다.

세 번째로는 내가 보고 싶은 사람한테 먼저 전화를 겁니다. 무작위로 겁니다. 운이 좋아 연락이 닿는 친구가 있다면 만나서 점심도 함께하고 차도 한잔합니다. 하지만 이렇게 만날 수 있는 대상 또한 줄어들고 있습니다. 그래도 나는 또 생각나는 사람이 있으면 전화를 걸어봅니다.

노인은 외롭습니다. 하지만 가만히 있는다고 해결되지 않습니다. 보고 싶은 사람, 소원했던 사람이 있다면 먼저 연락도 해보고 찾아가 봅시다. 비슷한 감정을 느끼는 같은 세대라면 더 반기지 않겠습니까? 머뭇거리다 보면 만날 수 있었던 한 사람을 영원히 못 볼 수도 있습니다.

어차피 병은
마지막 순간까지
따라옵니다

사는 동안 가지 않아도 좋을 곳이 두 곳 있다고 합
니다. 하나는 경찰서를 비롯한 사법 기관이고 다른 하나는 병원이
라 합니다.

죄를 짓지 않고 행동과 말을 조심해서 살면 경찰서는 가지
않을 수도 있겠습니다. 하지만 병원은 그러기가 거의 불가능합
니다. 병을 앓지 않고 일생을 마치는 사람이 과연 몇이나 있을
까요?

의과대학에 다닐 때 이런 이야기를 들은 적이 있습니다. 100
세를 넘긴 일본의 한 노인이 병 때문에 병원을 찾은 일이 살면

서 한 번도 없었다고 합니다. 그분이 돌아가신 다음에 의학적인 궁금증을 풀기 위해 부검을 했습니다. 그런데 놀랍게도 노인은 10여 가지의 중대한 병을 가지고 있었습니다. 사는 동안 병과 씨름하지도 않았고 자각 증상 또한 없어서 그저 넘기며 살았던 것입니다.

흔치 않은 놀라운 일이기도 했지만, 노인이 되면 병을 느끼는 정도의 차이만 있을 뿐 누구나 병과 함께 산다는 평범한 사실을 일깨워주기도 했습니다. 더구나 요즘에는 의료 장비와 기술이 첨단화하여 예전에는 발견하지 못했던 병들까지 잘도 찾아냅니다. 한마디로 병을 못 느끼고 사는 사람은 있어도 병 없이 사는 사람은 없다고 할 수 있습니다. 당연히 나이가 들수록 더 그러하겠죠.

더 놀랄 일은 지금 병이 없더라도 앞으로 몇 년 뒤에 어떤 병이 발병할 것이란 예측도 가능한 시기에 와 있습니다. 그러니 병으로부터 자유롭게 지낼 사람은, 아니 최소한 자각 없이 살 사람도 더 줄어들 것입니다.

학자에 따라서 노화 자체가 병리적 현상이라 말하기도 합니다. 하지만 늙음 자체는 병이라 보기 전에 순리로 봐야 한다고 생각합니다. 달리 불가에서 인간의 일생을 생로병사라 하겠습니까? 사람이라면 응당 태어나 늙고 병들어 죽는다는 뜻입니다.

병을 치료하는 입장에서도 어린이가 다르고 장년이 다르고 노인이 다릅니다. 치료 효과가 다르다는 의미입니다. 아동들을 치료해보면 증상 해소 반응이 빠릅니다. 즉 치료가 빨리 된다는 뜻입니다. 청년기와 장년기는 치료도 치료지만 자정 능력이 좋아서 나름대로 치료가 잘됩니다. 하지만 나이가 들수록 이런 효과는 사라져갑니다.

나이 드는 것도 슬픈데 병까지 짊어져야 한다니 속상할 일입니다. 더구나 늘어가는 나이와 함께 지니게 되는 병의 수 또한 늘어갑니다. 병이 번갈아 찾아오는 것이 아니라 병이 보태어집니다. 연관되는 질병들이 있기 때문에 그렇습니다.

암울한 말들로 들릴 수 있지만 사실이고 순리이기도 합니다. 사람은 죽습니다. 대부분 질병으로 생을 마감합니다. 어차피 병은 마지막 순간까지 따라옵니다. 누구는 쫓아오는 병으로부터 필사적으로 도망치다가 결국 마지막에 이릅니다. 그리고 다른 누구는 병을 친구 삼아 다독이며 걸어갑니다. 둘 모두 결과는 같습니다. 육체를 벗어나면서야 나와 병은 이별을 합니다.

삶의 질을 놓고 본다면 나는 후자가 낫다고 봅니다. 나이가 많다면 이제 병을 받아들이고 함께 가야 할 대상으로 볼 수도 있습니다. 병을 편안하게 다스리느냐, 병과 싸우느냐, 선택은 자신이 할 일이지만 이제는 병 자체로 힘들고 싶지는 않습니다. 있는 그대로 보되 편안히 대처하고 싶습니다. 병은 고통도 주지만 통찰도 줍니다. 죽음 앞에서 마지막으로 치르는 구도이기도 합니다.

'배우자가 나보다 먼저 떠난다?' 그런 생각을 하면 아찔합니다. 꼭 남편이 부인보다 먼저 세상을 떠난다는 보장은 전혀 없습니다. 떠나보낸 슬픔도 슬픔이지만 식사와 빨래 등 그동안 집안일에서 멀었던 남편이라면, 적극적으로 배우자가 떠난 후의 삶에 대비할 필요가 있습니다. 아내 역시 남편에게만 맡겼던 일들에 관심을 가질 필요가 있습니다. 아무튼 누가 먼저 떠나든 남는 사람이 감당할 몫을 생각하면 머리가 휭해질 일입니다.

오래전 이야기인데 신문에 대서특필된 사건이 있었습니다. 사회적으로도 널리 알려진 사람인데 자기 부인이 사망하자 따라서 가겠다며 자살을 했다는 내용이었습니다. 그 기사를 보고 몇몇 남성이 외래로 찾아왔습니다.

상담할 내용인즉 자기 부인이 저녁마다 질문을 반복한답니다. '자기가 먼저 죽으면 당신은 어떻게 할 것인가?' 이런 질문에 시달리다 못해 남편들이 찾아왔습니다. 부인은 남편이 주저하지 않고 신문에 난 그분처럼 따라서 죽겠다는 말을 듣고 싶었던 것입니다. 남편의 말이 비록 거짓이라 해도 그런 말을 꼭 듣고 싶어 계속 질문했겠죠. 그때 나는 남자분에게 이렇게 권유했습니다.

"따라 죽는다고 하세요."

그분은 양심상 그런 답변은 하고 싶지 않다고 했습니다. 아내와 남편 중 누가 먼저 타계할지도 모르면서, 그런 가정 아래서 확답을 듣고 싶어하는 심리도 이해해줄 수 있다고 봅니다. 단순합니다. 그냥 당신이 나를 얼마나 사랑하고 있는지 확인하고 싶어서입니다.

주부들을 대상으로 정신 건강에 대한 강연을 많이 했습니다. 그런데 강연장에서 이런 질문을 자주 받았습니다.

"선생님, 남자 입장에서 솔직한 답변을 듣고 싶어요. 마누라가 죽으면 정말로 남편들은 화장실에 가서 웃나요?"

처음에는 황당하기도 했지만, 이미 이런 말이 속담처럼 전해지고 있으니 필시 웃는 남편들이 아주 없지는 않겠구나 싶었습니다.

남들은 일생 동안 한 번밖에 장가가지 못하는데 무슨 복이 터져서 새 마누라와 결혼한단 말인가 하고 허허 웃으며 넘어갈 수도 있겠지만, 부인들은 자신이 죽고 나서 다른 여자와 희희낙락하는 꼴을 연상하면 닥치지도 않은 일인데도 앞당겨 분노가 치미나 봅니다. 그런 걱정을 증명이라도 하듯 재혼한 남자들은 새로 결혼한 부인에게 대체로 매우 잘해준다고 합니다.

이런 남성에게는 대개 전처에 대한 죄의식 같은 것이 남아 전처에게 해주지 못했던 것을 지금의 아내에게 정성껏 해주려는 경향을 보입니다. 물론 전처의 기억에 좋지 않게 남았을 버릇이 이어지기도 합니다. 하지만 심리 자체는 그럴 것입니다. 그런 남성을 만나면 후처는 전처에 비해 호강합니다. 관련해서 화장실에 가서 웃는다는 말에 대해 나는 이런 설명을 드렸습니다.

"화장실에 가서 좋아서 웃는 것이 아니라 억장이 무너져 기가 차 비시시 웃습니다. 그 웃음이 즐거운 웃음일 리는 없습니다."

강연장의 주부들은 이해하기 힘들다며 좀 더 자세한 설명을 요구했습니다. 부연 설명을 했습니다.

"여러분, 돌아가시려면 젊어서 결혼 연차가 적을 때 돌아가셔야지, 지금처럼 적잖은 세월을 함께 사시고 남편만 남겨두고 홀로 떠난다면 앞이 막막해 웃을 것입니다. 실성해서 웃어요."

모두들 귀를 기울였습니다. 아마도 그 말을 믿고 싶어서였을 것입니다. 나는 그렇다고 생각합니다. 결혼 생활이란 혼자 할 수 있는 것이 아닙니다. 함께 적응해나가는 과정일 수밖에 없다는 사실을 이해한다면 내가 말한 뜻을 이해하리라 생각했습니다.

물론 애초에 심보가 삐뚤어진 남편까지 포함시켜 일반화할 수는 없습니다. 마찬가지로 부부의 연을 간직하고 살아온 보통의 남자들이 사별 후 기뻐 웃으리라 생각하는 것 자체가 고약할 수도 있습니다.

결혼 생활 연차가 쌓이면 서로가 서로에게 적응합니다. 그동안 좋았든 싫었든 고운 정 미운 정이 모두 듭니다. 그렇게 겨우 적응했는데 부인이 먼저 떠난다니, 준비가 안 된 남편으로서는 기가 찰 수밖에 없습니다.

부인들은 내 말이 그럴듯하게 들렸는지 수긍하는 모습이었습니다. 그런데 강연 후 가만히 생각해보니 내 이야기였습니다. 누가 먼저 떠날지는 모르지만 한날한시에 죽을 수 없다면 남는 사람은 자기 앞을 스스로 가리기 위해서라도 준비가 필요하다는 생각이 들었습니다.

나이가 들수록 상대에 대한 의존도는 남편 쪽이 더 높아집니다. 살림 등 기본적인 생활과 관련해서 아내의 조력을 많이 받기 때문입니다. 사별 후 남성에 비해 여성의 재혼 비율이 낮은 것도 이와 관련이 있습니다.

전적으로 배우자에게 의존해 살던 사람이 배우자를 보내게 되면 얼마간의 시차를 두고 타계하는 경우가 왕왕 있습니다. 의존했던 기둥이 사라지니 집이 무너지는 이치와 같습니다.

노년을 살아가기 위해서는 배우자가 떠난 후의 생활에 대비해야 합니다. 혼자 몰래 웃을 일은 없을 것입니다. 혼자 감당해야 할 일들이 늘 뿐입니다.

유언은
가장 적극적인
삶의 계획입니다

/ 편지 54

　　유언이란 죽음을 앞두고 자신의 삶을 정리하는 말
입니다. 여기에는 남은 가족이나 알고 지낸 사람들이 지켜줬으
면 하는 바람도 실립니다.
　　"죽은 자의 유언은 그의 일생의 거울이다." 폴란드 속담입니
다. 유언과 관련하여 깊이 새길 말입니다.
　　어떻게 살 것인지가 중요하듯 어떻게 떠날 것인지도 삶에서
중요합니다. 유언은 가능한 일찍 정리해 남길 필요가 있으며, 살
아가며 계속 수정하고 보완해야 합니다. 자신의 죽음과 관련되
다 보니 내키지 않아 껄끄러울 수도 있지만, 한 번은 꼭 해야만

하는 가장 적극적인 삶의 계획이기도 합니다.

생각건대 가장 좋은 유언의 형태는 내 생각의 가치를 담아 평소에 나누는 대화가 아닐까 합니다. 따로 유언장을 작성해 전할 내용들도 있겠지만 그것만으로는 모자랍니다.

어찌 떠나면서 하고 싶은 말들과 본심을 문서 하나에 다 담을 수 있겠습니까? 진심으로 전하고 싶은 말들은 사는 동안 평소에 대화를 통해 남겨야 하지 않을까요?

재산 처분이나 장례 관련 일 등은 문서로 명확히 남길 필요가 있겠지만, 유언이 그런 부분만 포함하는 것은 아니라고 봅니다. 유언. 죽음에 이르러 남기는 말이란 뜻입니다. 여기에는 당부와 요청만 포함되지 않습니다. 표현 또한 유언입니다.

문서로 남기는 유언장은 말의 뜻을 정확하게 담아 남은 사람들의 혼돈을 막아보자는 취지도 갖습니다. 세상을 떠난 사람의 유언장을 놓고 서로 이 말이 맞느니 저 말이 맞느니 다툼한다는 내용이 신문 사회면에 실리기도 합니다. 급기야는 재판까지 몰고 가서 찜찜한 여운을 남깁니다. 유언장을 남겨도 이런 일들이 생기니 명확히 할 것은 최대한 명확히 해야 할 일입니다.

하지만 뜻하고 있는 바를 표현하는 내용을 명확하게 남길 수는 없는 노릇입니다. 평소 남을 돕는 데 인색하던 양반이 가족들에게 일정 부분을 나누어준다 하고 나머지는 좋은 일에 써주기를 바란다고 적어놓았다면 어떤 일이 벌어질까요? 가족들은 정확한 의도를 모를 것입니다.

사실은 예전부터 남을 돕고 싶은 마음이 있어 그렇게 적었다 해도, 가족들이 그런 마음을 헤아리지 못할 수 있습니다. 형편이 어려운 사람들을 위해 자선 기관에 전하라는 뜻일 수도 있고, 가족들을 위해 잘 쓰라는 말로 해석될 수도 있습니다.

이렇게 싱거운 경우는 잘 없겠지만, 평소에 원하는 바와 생각을 충분히 나누었다면 갑자기 별다른 유언장 없이 떠난다 해도 가족들이 고인의 뜻에 이미 공감했을 테고 그에 따를 것이라는 뜻입니다.

유언장 자체를 적극적으로 자세히 쓰라고 할 수는 없습니다. 떠남을 위해 정리하는 사람의 입장에서는 그러고 싶지 않은 심리도 큽니다. 유언보다는 유지(遺旨)를 잘 받들어주기를 원하는 것이 우리의 정서이기도 합니다.

유언장에는 해석의 여지가 많을 수 있습니다. 그러니 평소에 생각하는 바를 많이 얘기해주어야 합니다. 나중에 유지가 분명히 전달되도록 평소에 정리해서 남기는 말들. 나는 이것이 유언이라 생각합니다. 남은 가족들이 유언장을 펼쳤을 때 공감이 되어야 합니다. 생뚱맞다면 유언장의 내용대로 집행한다 해도 혼란스럽습니다. 유지가 제대로 전달되지 않은 것입니다.

세상에서 가장 짧은 유언 중에 이런 말이 있다고 합니다. "전부를 아내에게." 나도 이처럼 간결한 유언장을 쓰고 싶습니다. 이렇게 짧은 유언을 남기려면 평소에 깊은 공감대를 나누어야 할 것입니다.

내 어머님은 평소에 내게 유언을 남기셨습니다. 재산이 있어 재산을 나누어주는 유언도 아니었습니다. 그리고 당신을 위해 무엇을 해달라는 당부도 아니었습니다. 남매간에 우애를 갖고 살라는 말씀도 아니었습니다. 그냥 평소에 당신이 나에게 일상적으로 당부하던 수준의 유언이었습니다.

지병이 진행되어 임종이 가까워오자 당신의 사소한 소망 몇 가지를 덧붙여 말씀하셨습니다. 그리고 거의 마지막에 가까워졌다고 느끼셨을 때 나에게 이런 당부를 남기셨습니다. 내가 그동안 소소하게 말했던 것들은 잊고 처음 말한 유언만 명심하고 그렇게 하라 하셨습니다. (84세에 돌아가셨습니다.)

소소한 주문까지 내가 들어드린다 해도 어려운 유언이 아니었습니다. 그래도 어머니는 당신이 처음 가졌던 생각과 말대로만 해달라는 마지막 유언을 남겼습니다. 그 내용은 이러했습니다.

"장례식에 오시는 분들을 소홀히 하지 말라."

그것이 평소에 내게 하신 유언의 전부입니다. 나도 이제 어머님이 떠나시던 나이에 접어들고 보니 유언에 대해 실감합니다. 기회가 될 때마다 평소에 직간접으로 내 뜻을 자녀들에게 알립니다. 이런저런 에세이를 통해 밝히기도 합니다. 하지만 딱히 유언장이란 이름으로 작성한 글은 없습니다. 이제 남겨야 할 것 같습니다. 남긴다면 이런 말을 담고 싶습니다.

(1) 화장 처리. (2) 장례비용 최소화. (3) 모든 것을 아내에게. 아내가 떠날 때 재산이 있다면 모든 것을 1/4로(자녀가 4명). (4) 장례식에 오시는 분들을 소홀히 하지 말라.

쓰고 보니 어머님의 판박입니다.

신이여 영원히 나를 버리지 마소서(파스칼). 마지막 항해다. 가장 길고 가장 좋은 항해다(울프). 그것으로 충분하다(칸트). 세상은 아주 아름답다(에디슨). 유명인들이 남긴 마지막 말들을 찾아보니 이렇더군요. 좋은 말들입니다.

나는 무어라고 남길까? 생각해보니 딱히 좋은 말이 없습니다. 지금 좋은 말을 생각해둔다고 운명할 때 그 말이 나올까요? 그때 가서 나오는 말이 있다면 그것이 바로 나의 일생을 담은 말일 것입니다.

옹언

나의 일상을 담은 말

가져갈 수 없다면
최대한
많이 주고 가세요

/ 편지 55

　　오래전에 권투 선수를 주제로 삼은 미국 영화를 본 적이 있습니다. 제목이나 출연 배우는 기억에 남아 있지 않습니다. 그러나 주인공인 권투 선수가 한 말 한마디는 아직까지 내 머릿속에 남아 있습니다. 이런 말이었던 것 같습니다.

　　"나는 지금 링을 떠납니다. 이제 나는 누구를 때려야 할 이유도 없고 맞아야 할 이유도 없습니다. 처음 링에 올랐을 때는 주먹을 불끈 쥐고 올랐으나 이젠 주먹을 펴고 내려갑니다."

　　아마도 주인공 권투 선수의 은퇴의 변인 것 같습니다. 실전에 임했을 때는 주먹을 불끈 쥐고 혼신의 힘을 다해 상대방을 가격했겠지만, 이제 링을 떠나는 마당에 그 처절했던 주먹을 펴고 떠난다는 말이겠죠.

주먹을 펴겠다는 말이 참으로 평화롭게 들렸습니다. 그래서인지 나는 주먹을 쥐고 올랐다가 주먹을 펴고 내려간다는 말에 그야말로 꽂혔습니다.

권투 선수의 생애는 사각의 링일 것입니다. 확대해서 본다면 우리도 세상이란 링에 태어나 생물학적인 수명을 다하고 링을 내려가는 은퇴를 할 것입니다.

권투 선수의 말처럼 우리 역시 이 세상에 태어날 때 주먹을 불끈 쥐고 태어났습니다. 생로병사를 겪으며 사람들과 부대끼며 험한 일생을 다부지게 살아갈 것이라 맹세하듯, 그렇게 주먹을 꼭 쥐고 우렁차게 울면서 태어났습니다. 그리고는 한세상을 처절하게 싸우면서 삽니다.

돈을 모으려고 싸웁니다. 명예를 얻으려고 싸웁니다. 그리고 자질구레한 일상에 얽매여 왜 싸워야 하는지도 모르고 싸웁니다. 그러다 어느 날 갑자기 위기에 처합니다. 링을 내려가야 할 순간이 다가옴을 느낍니다. 그제야 자신을 한번 되돌아봅니다. 벌써 내려가야 한다는 생각에 억울하기도 하고 더 잘 싸우지 못한 것에 후회하기도 합니다.

하지만 어떤 이는 잘했든 못했든 링에 설 수 있었던 지난 시간에 감사를 느낍니다. 삶에 대한 깊은 반성과 통찰이 감사하는 마음을 이끕니다.

사람들은 잘나가는 시기에 자신을 되돌아보지 않습니다. 지금 아주 만족스럽다면 굳이 지나간 시간을 되돌아볼 이유가 없을 테니까요. 만족스러운 지금의 이 상황이 계속 이어질 미래를 탐합니다. 하지만 위기가 닥치면 불안과 두려움을 느낍니다. 동시에 대비를 못 한 지난 시간을 후회합니다. 그러니 만족스러울 때 미래를 염려하며 과거를 회고하고, 불만족스러울 때 미래를 낙관하고 과거를 반성한다면 그것이 통찰입니다.

유태인 정신분석학자 빅터 프랭클은 나치에게 끌려가 아우슈비츠 수용소에서 모진 고초를 겪었습니다. 그는 그때 겪고 관찰한 내용으로 《죽음의 수용소에서》란 저서를 남겼습니다. 우리가 살면서 겪는 위기 중에서 가장 절박한 위기는 죽음일 것입니다. 유태인 수용소에서 빅터 프랭클은 언제 가스실로 끌려갈지 모른다는 극단의 위기를 겪었습니다. 이는 극심한 공포였습니다.

그는 이러한 공포 앞에서 사람들이 크게 두 가지 유형으로 반응했다고 책에 적었습니다. 하나는 생물학적인 본능만 남아 마치 짐승처럼 행동한다는 것입니다. 다른 하나는 공포감을 초월해 담담해진다는 것입니다. 언제 닥칠지 모르는 죽음을 담담히 수용하는 자세가 공포가 극대화된 현실을 초월하게 한 것입니다.

어찌 이렇게 같은 공포와 심리적 자극을 두고 극단적으로 다른 반응을 보일 수 있을까요? 나는 책을 읽으면서 그 점이 무척 궁금했습니다.

정신분석학자 에릭슨이 주창한 성격 발달의 8단계 이론은 지금도 많은 사람들의 공감을 얻고 있습니다. 하지만 요즈음 와서는 8단계에 이어 9단계를 거론하기도 합니다. 바로 그 9단계가 프랭클이 말한 공포마저 초월한 사람입니다.

에릭슨의 성격 발달의 마지막 8단계는 지나간 인생을 수용하고 그 자체가 나였음을 인정하는 단계입니다. 이를 뛰어넘는 단계가 절망과 고통마저도 받아들이고 모든 속박으로부터 자유로운 단계입니다.

8단계까지가 삶을 수용하는 단계라면 9단계는 다가올 죽음의 공포까지 수용하는 단계인 것입니다. 초월의 단계인 것이죠. 이는 살고자 하는 지혜를 넘어 살든 죽든 인간으로서 존엄해지기 위한 지혜라 할 수 있습니다. 또한 이 9단계는 대부분의 종교가 전하는 지혜이기도 합니다.

링을 내려오는 권투 선수는 주먹을 편다고 했습니다. 더 이상 싸우지 않겠다는 뜻입니다. 하지만 삶의 링을 내려오는 우리에게는 또 다른 의미가 보태지는 것 같습니다. 더 이상 싸우지도 않겠거니와 더 이상 손에 쥐지 않겠다는 것입니다.

누구나 저세상으로 갈 때 손에 움켜쥐고 가지 않습니다. 태어날 때 꼭 쥐었던 주먹을 펴고 가는데 무엇을 가져갈 수 있겠습니까? 어차피 저세상으로 가져갈 수 없다면 필요한 이들에게 나누어주면 좋지 않겠습니까?

노년에도 재물이나 권력에 그리고 소소한 일상에 집착하고 있다면, 9단계는커녕 갓 성인이 되어 겪는 6단계의 고립감도 극복하지 못한 나일 수 있습니다. 그것은 저세상에 가져갈 수 없다는 두려움에서 기인합니다. 아깝고 분합니다.

의사로서 운명의 순간을 앞에 둔 사람들을 접할 기회가 많았습니다. 그중에 강렬한 기억으로 남은 사람이 있습니다. 세상을 떠나기에는 아직 일러 보이는 여자분이었는데, 남편만 보면 악을 쓰며 할퀴려 했습니다.

재혼으로 만나 신혼집을 꾸미고 이제야 행복을 만끽하며 살기 시작했는데 덜컥 중병에 걸렸습니다. 그분은 떠나는 순간까지 발버둥을 쳤습니다. 이제야 찾은 행복이었는데 차마 놓고 갈 수 없어 마음이 정리가 안 되었던 모양입니다. 그 공포와 아쉬움이 이 좋은 세상에 여전히 남게 된 남편에 대한 증오로 돌변해 공격성으로 표출된 것이었습니다. 그 모습이 참으로 가엽고도 안타까웠습니다.

생의 마지막 순간에 가장 불쌍한 사람은 주먹을 꼭 쥔 채로 세상을 떠나는 사람입니다. 주먹을 펴고 링을 떠나는 권투 선수처럼 다 주고 아니면 최대한 주고 빈손으로 편안히 떠나면 어떨까요?

죽음이
두려워지지 않는
가장 좋은 방법은
준비입니다

/ 편지 56

　죽음을 두려워하지 않는 사람이 있겠습니까? 없는 체하거나 마음을 잘 다스려 평온하게 보이는 사람은 있어도 불안하지 않은 사람은 없습니다.

　마음을 잘 다스렸다는 사람도 알고 보면 피하지 못할 죽음을 받아들인다는 자세로 다스릴 뿐 불안을 근본적으로 해결하고 죽는 것은 아닙니다. 불안하기 때문에 안 그런 체하기도 하고 다스리기도 합니다. 죽음에 대한 불안이 아예 없다면 체할 것도 없고 다스릴 것 또한 없습니다.

　심리학적 용어로 기본 불안이란 것이 있습니다. 출생 시 겪는 어머니로부터의 분리 불안이 여기에 속합니다. 일생을 살고 또 생을 마감할 때 역시 같은 의미의 분리 불안이 생길 수 있습니다. 물론 이는 의식 수준이 아니고 무의식 수준에서 생깁니다.

이 세상을 떠나면 무엇이 되어 어디로 가는지 아무도 모릅니다. 대부분의 종교에서는 내세를 말하며 신도들이 이를 믿고 의지합니다. 의지함으로써 불안을 승화시켜 막습니다. 일생 동안 종교 지도자로 살다가 임종을 맞는 분들이 평화롭게 저세상으로 가시는 모습을 보고 우리는 부러워합니다. 물론 이는 임종에 임박했을 때의 모습입니다.

임종에 이르는 과정에서 그분들 역시 죽음의 불안을 수용하기 위해 평범한 사람들과 같은 과정을 밟습니다. 다만 믿고 있는 종교의 가르침을 따라 승화하는 능력이 탁월하다는 점에서 우리와 다릅니다.

이 말은 죽음에 대한 불안은 누구에게나 있지만 어떻게 수용하느냐는 사람마다 다를 수 있다는 뜻입니다. 천주교의 한 지도자는 죽음의 과정에서 여러 번 유언을 번복하기도 했고 개신교의 지도자 한 분은 하나님이 없다고도 했습니다. 불교의 지도자급 스님 한 분은 살려달라고 한 적이 있습니다.

이 단편적인 순간을 보면 일반 사람들과 크게 다르지 않습니다. 실망하는 사람들도 있을 것입니다. 그러나 죽음에 이르는 과정에서 누구나 겪는 심리적 과정이 있습니다.

연구에 의하면 첫 번째 단계는 죽음을 받아들이지 않는 단계입니다. 병원에서 시한부 선고를 들으면 처음에는 받아들이지 못합니다. 그래서 아니라고 부정하는 단계를 겪습니다. '나는 아니야.' 그리고 이 단계가 지나면 '왜 하필 나야' 하며 분노합니다. '다른 사람들은 다 잘 살고 있는데 왜 나만······.' 그런 분노가 결국 벽에 부딪치면 우울에 빠지는 단계로 접어듭니다.

그러나 이 단계도 지나고 나면 사람이면 누구나 이 세상을 하직한다는 너무나 평범한 진리를 수용하게 됩니다. 이런 공통된 단계를 거치는 과정에서 보인 종교 지도자들의 편린을 가지고 신심이나 인격을 의심할 필요는 없습니다.

아주 성숙한 분들은 이런 과정을 거치지 않고 바로 수용하기도 합니다. 평소에 늘 자연의 이치를 받아들이며 살아온 분이라면 비단 성직자나 종교인이 아니더라도 큰 동요 없이 평온한 죽음을 받아들일 것입니다.

죽으면 돌이킬 수 없다는 불안감을 해결해야 합니다. 종교를 가진 분에게는 종교의 가르침대로 내세가 있을 것입니다. 종교가 없는 분은 만고의 자연이치를 수용하면 죽음에 대한 불안을 줄일 수 있을 것입니다.

나는 할머니께서 돌아가실 때 처음으로 죽음을 목도하고 인식하게 되었습니다. 어렸던 나는 땅 속에 묻히는 할머니를 보고 죽으면 숨이 답답해서 어떻게 견딜까 하고 불안해했습니다.

어렸을 때 외가댁에서 본 장면도 잊히지 않습니다. 집성촌이었던 그곳에서는 연세 드신 분들이 관을 짜서 대청마루에 두고 아침저녁으로 들어가 눕고는 했습니다. 죽음을 연습하는 모습으로 보였습니다. 그분들은 산책 삼아 앞으로 자신이 묻힐 선산을 돌아보기도 했습니다. 지금은 보기 힘든 풍경이고 그때도 너무 이상하기만 했습니다.

더 자라 한 분 두 분 떠나시는 어른들의 죽음을 볼 때는 그냥 슬펐습니다. 살아 있는 모습으로 볼 수 없다는 것이 슬펐습니다.

의사 생활을 하면서 여러 모습의 죽음을 보았습니다. 때로는 많은 생각을 했지만 더 깊이 생각하는 것이 불안하기도 했습니다. 은연중에 죽음은 환자의 것이지 내 것은 아니라는 생각이 비쳤는지 무정한 사람쯤으로 보이기도 했습니다.

나이가 들면서 어릴 때 느꼈던 죽음에 대한 막연한 불안은 차츰 현실적인 불안으로 그리고 구체적인 불안으로 자리 잡기 시작했습니다.

사람들은 보통 자신의 부모가 돌아가신 연령대에 다다르면 죽음을 더 실제적으로 인식하기 시작합니다. 밀접한 사람의 죽음에 가장 큰 영향을 받기 때문입니다. 나 역시 그런 시기를 오래전에 지나왔고 이제 죽음의 심리적 네 단계를 경과할 때가 올 것입니다. 많은 생각을 하게 됩니다.

죽음이 두려운 것은 당연한 이치입니다. 그렇다고 마냥 기다리고만 있을 수는 없습니다. 내 일생의 가장 중요한 손님이니 차근차근 맞을 준비를 해나가야 합니다. 나도 나름대로 그러고 있습니다.

그러다 보니 이제는 죽음이란 단어가 경직된 의미가 아닌 예전보다는 훨씬 순한 의미로 받아들여집니다. 그렇게 죽음과 친해져가고 있는 것 같습니다.